講談社文庫

ICO《イコ》—霧の城—(上)

宮部みゆき

講談社

by
Miyuki Miyabe

ICO 上
イコ ─霧の城─

目次
contents

ICO 下

イコ 霧の城

目次
contents

ICO 上
イコ — 霧の城 —

――いつだかわからない時代の、
どこだかわからない場所でのお話。

第一章
すべては神官殿の申されるまま

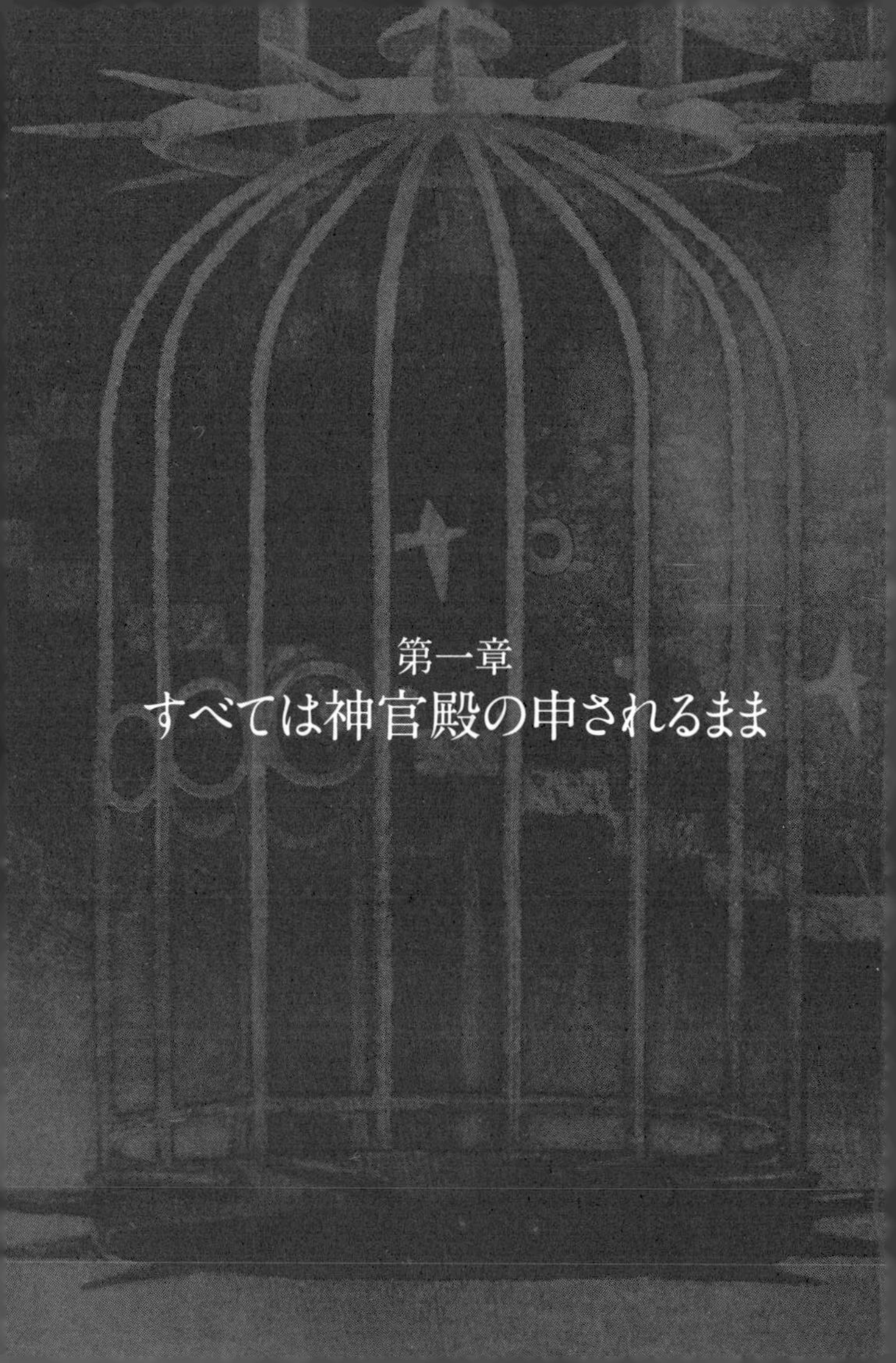

1

機織《はた》りの音が止《や》んでいる。

しばらく前から、老人はそれに気づいていた。そして待っていた。また機が動き出すのを。しかし、待てども待てども、それは沈黙したままであった。

老人は、使い込まれて飴色《あめいろ》になった一枚板の机に向かい、その上に古文書の綴《つづ》りを何冊もひろげていた。蔀窓《しとみ》から吹き込んでくる微風が、黴《かび》の浮いた古文書の端と、老人の真っ白な長い顎鬚《あごひげ》の先を震わせて通り過ぎる。

老人はわずかに頭をかしげ、耳を澄ませた。機織りの音に代わって、もしや泣き声が聞こえてくるかもしれない。

御機屋《みはたや》は、何日も前に完成していた。お浄《きよ》めも済み、いつでも使えるようになっていた。いや、すぐにも使い始めねばならなかったのだ。だが、オネは泣き叫んで嫌がり、御機屋に近づこうとさえしなかった。あまりにも残酷だ、やめてくれ、やめさせてくれと、老人の衣の裾にすがりついて訴えた。

老人には、その涙が涸《か》れ果てるまで泣かせておくしかなかった。それから諄々《じゅんじゅん》と説いて聞かせた。いつかこうなることは、おまえも知っていたはずだ。あの子が生まれたときから、おまえにもわかっていたはずだ――。

昨夜の日暮れ時から真夜中までかかって説き伏せ、何とかこの夜明けに、オネを御機屋に連れて行くことができたのだった。そしてようやく、重たげな機織りの音が始まったのに、今はもう止んでいる。

老人は窓の外に目をやった。木立の葉が揺れている。鳥が歌っている。光はまぶしく、陽射しは暖かい。しかし今この村には子らの声もなく、村人たちは、畠を耕すときでさえ、ひっそりと息をひそめている。畝《うね》を巡るのは力強い鋤《すき》の音ではなく、嘆きを含んだため息だ。狩りに出た者たちも、山の獣道《けものみち》を獲物を追ってたどりつつ、やはりふと足を止めては、長い吐息をついてこの村を見おろしているかもしれない。

生贄《ニエ》の刻《とき》。

この老人――トクサ村の村長《むらおさ》は、今年七十歳になった。彼が彼の父親からこの座を引き継いだのは、十三年前のことである。そして、まだ壮年の男だった老人が、新しい村長として、父のやれなかったこと、父がやろうとしなかったことのあれこれをこの手で成し遂げようと考えをまとめ始めた矢先に、あの子は生まれた。間もなくニエとなろうとしている、あの不幸な子供は生まれた。

　あのころ、村長の父はすでに深く病み、身体も気も弱っていた。それでもあの夜、ムラジとスズの赤子に角《つの》が生えている、角のある子が生まれたぞという報《しら》せを聞いたときには、一種の気概と悲哀に満ちた顔をして、決然と床を蹴って起きあがった。そしてそのまま村の産所へ赴《おもむ》き、自らの手で生まれたての赤子を抱き取り、その小さく柔らかな頭を探って、角の存在を確かめた。

　それから父親は、家に戻って息子を呼んだ。扉も蔀《しとみ》も閉《た》て切り、燈火の芯を短くして明かりを落とすと、ともすれば夜風にまぎれそうなほどの低い声で語りだした。

「わしはおまえに、なかなか村長の座を譲ろうとしなかった。おまえが立派な村の男として皆の信頼を集めていることは知りつつも、あえておまえの頭を押さえていた。おまえはそれを、ひそかに不満に思うこともあったろう。わしは知っていた。しかし、それを責める気はない。おまえが不満を持つのは当然だったのだから」

　村長は、声もなくただうなだれた。父の顔が怖かった。病み疲れた老人のはずの父親が、なぜかしら急に、異形《いぎょう》のもののように恐ろしく見えたのだ。

「しかし、わしが村長の座にしがみついていたのは、何も未練があったからではない。ただただ、おまえにニエのことを背負わせたくなかったからなのだ。わしは臆病風に吹かれた。遅かれ早かれおまえに任せねばならぬことなのに、それを先延ばしにしたかった。しかしそれは誤りだった。〝霧の城〟におわすお方は、わしらの浅はかな了見などお見通しだ。見るがいい。わしが病に負けて、ようようおまえに村長の座を譲った途端に、角のある子が生まれ出た」

村長の父の声は、泣いているかのように震えていた。

このトクサの村では、何十年かに一人、頭に角を持った子供が生まれてくる。生まれたての赤ん坊の時は、角は目立たない。赤子の薄い髪の毛の下にさえ隠れてしまうほどの、円くてなめらかな突起に過ぎない。

角を持って生まれた子は、角のない子供よりも丈夫に育つ。すくすくと手足が伸び、身体は健康で、病気ひとつしない。子鹿のように野を駆け、うさぎのように跳び、栗鼠《りす》のように木に登り、魚のように泳ぐ。

その子が育ってゆく間、頭の角は、依然として、髪の下にひっそりと眠っている。だから一見したところ、その子は普通の子供たちと、何ら変わるところがないようにも見える。ただその子が抜きん出て元気で、いくつもの森を越えて響き渡る狩人《かりうど》の声と、知恵に輝く瞳を持っているということだけを除けば。

しかし、頭の角は、まがうことなき〝しるし〟であった。その子がニエであることのしるし。やがてその子が〝霧の城〟へ行かねばならぬというしるし。村が背負わされたしきたりのしるし。

〝霧の城〟がこの世にかけた、呪いの楔《くさび》のしるしでもある。

その子が十三歳になると、角はその本性を現す。一夜のうちに急速に伸びて、頭の両側に、まるで小さな水牛のそれのように、髪を分けて姿を現すのだ。

それこそが「生贄《ニエ》の刻《とき》」である。

〝霧の城〟が呼んでいる。時は満ちた。その子をニエとして捧げよと。

村長の父は言った。「先《せん》のニエが生まれたのは、わしが幼い子供のころのことだった。古文書には、一人のニエが生まれ、生贄の刻が来て〝霧の城〟に送られてから、次のニエが生まれ落ちるまで、百年もあいだがあいたという事例もしるされている」

辛そうに目を閉じ、首を振った。

「わしらにも、そういう幸運が訪れると良いと願っていたが、かなわなんだ。おまえの代には、ニエの子を見ずに済むようにと、わしは心を尽くして祈ってきたのに。むしろ、今度は早い。おそらく、先のニエは力が弱かったのだろう」

だから〝霧の城〟は飢えを覚え始めているのだと、父は言った。

「それでも、今夜生まれたあの子が十三歳になるまでの猶予《ゆうよ》はある。そのあいだに、わしはおまえに、ニエを送るしきたりについて、おまえが知らねばならぬことを教えこう。おまえは我が家に伝え置く古文書もひもとかねばならぬ。とはいえ、難しいことは何もない。やがてあの子が十三歳になり、〝生贄の刻〟が来たれば、帝都《みやこ》から神官殿が来て、すべてを手配してくださろう。おまえはただ、神官殿の申されるままに従えば良いのだ」

村長の父は、思いのほか強い力で村長の手首をつかんだ。

「それよりも肝心なのは、ニエの子を逃がさぬことだ。あれをこの村から出してはならぬ。そしてあれに、自らの運命を、厳しく、子細に、よくよく言い聞かせなければならぬ。手加減をしてはいけない。弱気になっては駄目だ。あの子は〝霧の城〟が指さしたニエなのだからな」

村長は怯《おび》えた。ほんの今しがた生まれたばかりの赤子。何と愛《いと》おしく、弱々しく、大切なものに思えたことか。ニエのしるしを持っているといっても、いとけない赤子であることに変わりはない。いったいどうやって厳しくすればいい？　生まれたときから、おまえはいずれ〝霧の城〟に捧げられる命なのだと、どんな言葉で語り聞かせればいいというのだ。

しかし、そういって父に抗弁するだけの勇気が出てこなかった。だから代わりに、弱々しく問いかけた。

「それでも、あの子を逃がさずに留め置くことはできても、もしかしたら病にかかるかもしれません。怪我をするかもしれない。十三歳まで育たずに死んでしまうかも——」

村長の父は、きっぱりと退けた。

「ニエの子は病にかからぬ。怪我もせん。並はずれて丈夫なのだ。だから村長としておまえがなすべきことは、あれが狼のように孤高に、鳩のように柔和《にゅうわ》に、己の運命に逆らわぬように育てることだけだ」

「育てる——？」

「そうだ。今夜生まれたあの子は、村長の手で育てる」

「しかし、親はどうします？」

「産後の母親が起きあがれるようになったらすぐに、この村から放逐《ほうちく》する」

「そんな！」

「それもしきたりだ。ニエの子、角の生えた子をなした夫婦は、このトクサの村を離れなければならぬのだ」

そこで初めて、村長の父の表情が緩み、目尻が濡れた。

「酷な仕打ちに聞こえよう。だが、これはむしろ慈悲なのだ。やがて必ず引き離されるとわかっていながら、赤子を育てる親の辛さはどれほどのものだろう。定められている別離なら、早い方がいい。それにムラジとスズの夫婦は、帝都で安楽に暮らせるはずだ。赤子はまた産めばよい。三人でも五人でも、望むだけ産んで育てればよい。いかに貪欲な〝霧の城〟も、ひとつがいの男女から、二度までもニエを奪い取ろうとはなさらぬ」

村長は父の強い口調に圧《お》されて、何も言えない。ようやく、己の妻の名を呟《つぶや》くのが精一杯だった。

「オネ……」

そうだ、妻は何と思うだろう？　村のしきたりについては、妻も彼と同じく、話で聞いて知っているだけのはずである。そこに自ら関わらねばならなくなったことを知ったなら、彼女はどうするだろうか。

「オネには何と言えばよいのでしょうか」

彼は妻とのあいだに、六人の子をもうけた。そのうちの四人は、何やかやの災いや病で、いくらも育たぬうちにとられてしまった。育ちあがったのは、息子が一人と娘が一人。失った子たちの分まですくすくと育ち、立派に成人した。息子は嫁取りも済ませた。

「私とオネに、赤子など……これから育てられるでしょうか」

「育てられるとも。孫のようなものだ」

村長の父親は、抜け落ちて不揃いになった歯をちらと見せ、酷薄な笑いを浮かべた。

「考えてみるがいい。今夜あの子が生まれたおかげで、遠からず恵まれるだろうおまえの孫は、角を持って生まれる運命を免れ得たのかもしれぬ。そう思えば、苦労など感じぬだろう」

村長は身震いをした。確かにそうだ。今夜ニエが生まれたおかげで、今後何十年かは安心して暮らせる。私の孫は免れた。が、背中を走る冷たい震えが、それに対する安堵からのものなのか、そういうことを言ってのける父親に対する恐れから来るものなのか、自分でもわからなかった。

父はまだ村長の手をつかんでいた。それをさらに固く握り直して揺さぶりながら、村長の耳の底まで叩き込もうとするかのように、一語一語、語気を強めてこう言った。

「肝《きも》に銘じておくのだ。村長は恐れてはならぬ。村長は疑ってはならぬ。これは村の罪ではなく、ましてや村長の罪でもない。我らはしきたりに従うだけだ。すべて神官殿の申されるままに従うだけだ。それさえ無事になしとげれば、〝霧の城〟は満足してくれる」

すべて神官殿の申されるままに。すべて神官殿の――村の罪ではない――この村は――この村の村長は――村長は――

「村長」

呼びかける声。呼ばれているのは自分だ。老人は十三年の時を駆け戻り、長い顎鬚《あごひげ》と痩《や》せて枯れた肩を持つ七十歳の今に返って目をしばたたいた。

「恐れ入ります。おじゃまでしたか」

戸口のところに、野良着姿の村の男たちが数人、肩を寄せ合うようにして立っていた。

「いや、少し調べものをしていただけだ」

男たちは譲り合うように顔を見合わせ、ようやく一人が口を開いた。

「オネ様が御機屋《みはたや》で泣いておられます」

「ひどく暴れて、機を壊そうとされました。私らで押さえましたが、どうにもお気持ちがおさまりませんようで……」

なるほど、機織りの音は依然止んだままである。

「わしが行ってみよう」

村長の老人は、机に両手をついて、ゆらりと椅子から腰をあげた。

オネ――オネよ。どうかもう泣かないでおくれ。村長は心のなかで請い願った。

オネよ。幾度言い聞かせたらわかってくれるのだ。どれほどの涙も、どれほどの怒りも、通じはしないのだということを。どれほど高く天に拳《こぶし》を突き上げようと、どれほど強く地を掌《てのひら》で叩いて嘆きの叫びをあげようと、すべて無駄なのだということを。

遠く西の彼方、陽の沈むところ、地の果ての断崖《だんがい》にそびえ立つ、古《いにしえ》の〝霧の城〟。そこには、我らの声は届かぬ。かの城主の怒りを和《やわ》らげ、その呪いを、たとえしばしのあいだであっても遠ざけることができるものは、ただ、選ばれしニエだけなのだということを。

2

頭の上の方から、小石がころころと転げてきた。ひとつ、ふたつ。

少年は起きあがると、岩屋のいちばん高いところに、ぽっかりと開いた小窓を見あげた。岩を砕き、削り取ってこしらえたその小窓の縁は、長い長い年月を風雨にさらされ、すべすべと円くなっている。

その真ん中に、ひょこん――と、小さな顔がのぞいた。

「おい、おい！」と、その顔は呼んだ。「いるんだろ、おい！」

少年は微笑《ほほえ》んだ。トトだ。

「うん、いるよ」

どうやってあんなところまでよじ登ったものか、トトは小窓の縁に片手をかけている。

「何だよ、寝ぼけた顔をしてさ。まだ寝てたンかい？」

確かに少年はごろりと横になっていたのだ。この岩屋では他にすることがない。

「トト、ここへ来たら叱られるよ」

少年の言葉に、トトは口を尖らせた。

「へっちゃらだよ。誰にも気づかれてない」

「でも――」

「ゴチャゴチャ言うなよ。せっかく差し入れを持ってきてやったんだから」

トトは言って、白い布袋を投げ落とした。少年は急いで拾い上げ、中を見た。果物がひとつ、焼き菓子の包みがひとつ。

「ありがとう」

トトはフンと鼻を鳴らして照れた。

「見張りのおっさんに見つからないように食うんだぞ」と、まるで年長の男みたいな口振りで忠告する。「見つかったら、取り上げられちまうンだろ?」

「そんなことないよ」

少年は笑った。見張りは厳しいが、けっして意地悪ではない。交代でやってくる村の男たちの、誰もが親切だった。ただ、彼らは一様に、少年の目を避けていた。日に三度の食事を運んできてくれるときも、寒い夜に火を焚《た》きにきてくれるときも、怯えるように、謝るように、うつむいたり脇を向いたりして、用が済めばそそくさと出てゆく。

「なあ、イコってばよ」

トトはちょっと声を小さくして、少年の名を呼んだ。

「おまえ、逃げたくないンか?」

少年――イコと呼ばれた角のある少年は、岩屋の窓から目をそらし、灰色の壁を見つめた。この岩屋は、村の北側にある。もともとここにあったごつごつした岩山を、手掘りでくりぬいて造りあげたものなのだそうだ。もちろん最初から、〝生贄《ニエ》の刻《とき》〟を迎えたニエの子を、神官殿が来られるまでのあいだ、閉じこめておくために造ったのである。

その後の年月が、岩屋の壁から、石切斧《おの》や打ち斧の刃の痕《あと》をきれいに消してしまった。掌で撫でてみても、つるつると滑らかな感触が伝わってくるだけだ。

それほどに遠い昔からの決まり事。

この村のしきたり。

イコの頭には、いろいろな言葉が浮かんできた。今の気持ちを説明するには、たくさんの言葉が要《い》る。それを上手に選び出し、並べて口にするだけの自信がない。なにしろ、イコはまだ十三歳だった。

結局、こう答えた。「逃げられないよ」

トトは両手で小窓の縁をつかむと、ぐいと頭を突き出した。「そんなことあるもんか。逃げられるよ。おいらが手伝ってやる」

「ダメだよ」

「ダメじゃねえって。ゼッタイ逃げられる。夜になったらここを抜け出して、森へ入っちゃえばいいんだ。牢《ろう》の鍵は、おいらが盗み出して開けてやる」

「だけど、逃げてどこへ行くの？　これからどこで暮らす？　他所《よそ》の町や村には行かれないよ。すぐ見つかっちゃって、連れ戻されるだけだ。この頭の角を見たら、誰だってすぐに、僕がニエだってことに気づくもの」

「山で暮らせばいい。ケモノを狩って、木の実を採って、土地を耕して畑を作ってさ。おまえってすごく身体が丈夫だし、力も強いから、きっとやっていかれるよ」

そこまで言って、ちょっと怒ったようにぐいと口を尖らせてから、トトは付け足した。

「もちろん、おいらも一緒だ。二人で山ンなかで暮らそうぜ」

トトはイコよりもひとつ年下だが、さらに幼い弟と妹たちがいて、とても可愛がっている。あの子たちを捨て、家を離れて暮らすなんて、彼にできるわけがない。寂しくて寂しくて、死んでしまうだろう。

それでも、トトは口先だけで言っているのではない、本気なのだとイコは感じた。

その本気が、辛かった。トトはイコのいちばんの友達だ。いちばんの友達が、こんなふうに思い詰めてしまっている。そうさせているのは誰でもない、この僕だ。

「トト、ありがとう」

「なんだよ、よせよ」

「だけど、やっぱり無理だよ」

「おまえ、そんなイクジナシだったか？」

「僕が逃げたら、村が大変なことになる。ニエが行かなかったら、〝霧の城〟が怒ってしまうから」

村だけではない。帝都《みやこ》でさえも滅ぼされてしまうだろう。一夜のうちに。いや、それどころか、またたきするほどの猶予《ゆうよ》もないかもしれない。

トトは急に怒り出した。

「だから何なんだよ。大変てのは、どう大変になるんだよ。〝霧の城〟ってのは、そんなにおっかないものなのか？　父ちゃんも母ちゃんも、話をするのも嫌がるんだ。母ちゃんなんか、耳をふさいで逃げちまう」

嫌がっているのではない。話してはいけないという決まりがあるのだ。それもしきたりの内だ。〝霧の城〟は、たとえはずみで口に出された悪口であろうとも、聞き逃すことはない。刃向かう者を許さないのだ。けっして、けっして。

「十五歳になったら、成人の儀式があるだろ。そのときにわかるよ。村長《むらおさ》が、詳しいことをちゃんと教えてくださるよ」

「おいらは、今、知りたいんだ」トトは大声を出した。「何にも教えてもらえないまんまで、澄ましていられるかよ。おまえ、〝霧の城〟に連れていかれたら、もう帰ってこられないんだろ？　おいらは嫌だよ。友達がそんな目に遭わされるのに、黙っておとなしくなんかしてられるかよ」

「だけど僕はニエだもの」

「頭に角が生えてるからか？　どうしてそれがニエの証《あかし》なんだよ。だいたい、誰がそんなこと決めたんだよ」

だから、それがしきたりなんだってば――と言いかけて、イコは口をつぐんだ。ぷんぷんと怒っていたトトは、にわかに声を落とした。「イコ、おまえは――いろいろ知ってるんだろ。教えてくれよ。このままじゃ、おいら、たまんないよ」

イコはうなだれた。自分の知ったこと、この目で見たものを誰にも話してはいけないと、村長からは厳しく止められている。

あれはもう何日前のことになるのか。一夜のうちにイコの頭の角が大きくなると、村長はすぐに、イコをある場所に連れて行った。馬にまたがり、往路に三日、帰路に三日。狩人も足を踏み入れることない、北の禁忌《きんき》の山を越えて。道中では誰にも会わなかった。頭上を飛ぶ鳥も見かけず、下草のなかに兎《うさぎ》の気配もなく、雨上がりのぬかるんだ道に、狐《きつね》の足跡もなかった。

そこがどうして〝禁忌の山〟と呼ばれているのか。どうして誰も近づかないのか。どうして生き物の気配がないのか。すべての疑問は、峠《とうげ》に立ち、眼下に広がる光景を目にした瞬間に氷解した。

村長は言った。「おまえをここに連れてきたのは、〝霧の城〟の怒りがどれほど恐ろしく、ニエの果たす役割がどれほど大きいか、しっかりと知らしめるためだ。ニエにしか、〝霧の城〟を鎮《しず》めることはできぬ。ニエがその役割をまっとうせねば、これほどに悲惨なことが起こる。よくよく心に刻んでおくれ。そして、どうか背中を向けて逃げ出すことなく、その責任を果たしておくれ」

今も、その声が耳の底に残っている。

自分がニエであることを、イコは子供のころから知っていた。ずっと、そのように育てられてきたのだから。

毎日の暮らしのなかでは、村の子供たちと何ひとつ変わることはなかった。イタズラをすれば叱られ、良いことをすれば褒《ほ》められる。畑仕事や家畜の世話。読み書きを学び、川で泳いだり木に登ったり、一日は早く、夜の眠りは平和で暖かい。頭の角も、まだ髪の下に隠れていたから、イコ自身でさえも、まったく気にしていないときが多かった。

それでも、イコは自分がニエであり、他の子供たちとは違う存在であることを知っていた。村長が、どんなときでもイコがそれを忘れないように、静かに根気強く言い聞かせてきたから。

しかし、そうやって重ねられてきた村長のどんな言葉よりも、禁忌の山の峠から見る光景の方が強かった。それはイコに、有無を言わせず、己に課せられた使命の重さを痛感させた。イコは思わず、片手をあげて自分の頭の角に触れた。ニエのしるし。この惨事を防ぐことのできる、選ばれた者である証。

どうして逆らうことができるだろう。どうして逃げ出すことができようか。

帰路では、イコはもう決心を固めていた。茫漠《ぼうばく》としていたニエとしての役割が、自分のなかではっきりと形を成していた。幼い少年の、その腹の据わりように、先を行く村長が、馬上で密かに涙を落としていたことには気づかないまま。そして村に戻ると、強《し》いられることもなく、自分から進んでこの岩屋に入ったのだった。

「よし、わかった！」

トトがまた声を張り上げたので、イコはびくりとして我にかえった。

「わかったって、何が？」

「誰も教えてくれないなら、おいら、自分の目で確かめる。おいらもおまえと一緒に行くよ。〝霧の城〟までついて行く！」

とんでもない話だ。イコは飛び上がり、小窓のすぐ下の壁に張りつくと、懸命に訴えた。

「バカなことを言うもんじゃないよ！　神官殿に知れたら大変だ。トトだけじゃない、小父《おじ》さんも小母《おば》さんも、弟や妹たちまで捕まえられて、牢屋に放り込まれちまうよ。みんなをそんな目に遭《あ》わせていいのかい？」

トトはひるんで、ちょっとまばたきをした。でも言葉は強気のままだ。

「なんで捕まるんだ？　なんでおいらが〝霧の城〟へ行っちゃいけないんだ？　ニエしか行っちゃいけないのか？　だったら神官たちだって行っちゃいけないいんじゃないかよ」

「そういうのを屁理屈っていうんだ」

「おまえ、どっちの味方なんだよ？」

わけがわからなくなってきた。イコはトトの怒りで真っ赤になった顔を仰ぎ、ふっと力が抜けて、吹き出してしまった。もちろん、心から可笑《おか》しいわけでも、笑いたいわけでもない。それでも笑ってしまうのはなぜだろう。

友達だからだ。トトがいい奴だからだ。そのトトともう会えなくなる。ああ、それだけは、どんなにか寂しくてつまらないことだ。トトは本当にいい奴なんだもの。でも、だからこそ——僕が〝霧の城〟へ行く意味もあるんじゃないか。

「〝霧の城〟が怒るとどうして怖いのか、どんなことが起こるのか、たしかに僕は知ってるけれど、教えるわけにはいかない。決まりなんだから、破っちゃいけないんだ。西風の吹く日には淵《ふち》で泳いじゃいけないとか、馬の蹄《ひづめ》を削らずに山道を登らせちゃいけないとかいうことと同じだよ。だから、成人の儀式まで待っててよ」

イコはできるだけ穏やかに話した。

「でも、ニエが行けば、その怖いことを防ぐことができるっていうのは、ホントだよ。それにね、トト。〝霧の城〟へ行っても、ニエは死ぬわけじゃないよ」

「だって、もう帰ってこられないんだろ」

「そうだけど、でも死ぬわけじゃないんだ。村長が言ってた。〝霧の城〟へ行ったニエは、〝霧の城〟の一部になって、永遠の命を与えられるんだって」

これは嘘じゃないし、慰めでもない。本当に村長がそう言ったのだ。最初は、イコも驚いた。てっきり命をとられるとばかり思っていたのに、そうじゃないというのだもの。

「永遠の命……？」トトは疑わしげに呟いた。

「じゃあ、おまえは〝霧の城〟でずっと暮らすってことか？」

「うん、そうだよ」

具体的にどういうことなのかは、イコにもわからない。実は村長も知らないのじゃないかと思う。

そしてこの事柄は、イコの心に、密かな好奇心も植えつけた。〝霧の城〟に行ったら、何が起こるのだろう？〝霧の城〟の一部になるというのは、どういうことなのだろう？

トトは納得しない。「村長は、何でそんなことを言えるんだ？見てきたわけじゃないくせしてさ」と、舌鋒《ぜっぽう》鋭く食い下がる。

「神官殿に教えてもらったんだって」

「じゃ、神官は全部知ってるんだな？」

「もちろんさ。帝都の大学者なんだからね」イコは先回りして釘を刺した。「だけどトト、神官殿が村に来ても、あれこれ訊ねたりしたらいけないんだよ。さっき言ったのは、脅かしじゃない。本当に捕まえられちまうよ。僕は、僕のせいでトトたちが牢屋に入れられたりするなんて、嫌だからね。トトがあんまり言うことをきかないと、村の人たち全員がお咎《とが》めを受けることにだってなるかもしれないんだし」

不満げに口を尖らせ、やっとこさ、トトは「わかったよ」と答えた。

「よかった」イコは心から言った。安堵《あんど》のため息が出た。

「でもおいら、また来るよ。それに、すっかり諦めたわけじゃないしな」

言い捨てて、トトは小窓から離れてしまった。イコはあわてて呼びかけた。

「諦めたわけじゃないって、どうするつもりなんだよ？」

「教えてやンない」

「これは遊びじゃないんだ。本当に大変なことなんだよ。わかってるのか、トト？」

「わかってるって。じゃあ、またな！」

元気に返事を投げ返して、トトは去ってしまったようである。イコはまだしばらく、小窓を見上げて突っ立っていた。

3

織り機にかけた糸が見えにくいのは、涙で目が曇るせいだとばかり思っていたが、そうではなかった。陽が落ちかけているのだ。御機屋《みはたや》の四隅にはすでに闇が淀み、天井の梁《はり》もはっきりとは見えなくなっている。

オネは座台から滑り降りると、織り機の横に回って、織り上げたところをながめてみた。半日をかけて、ようやく中指の長さほどを織っただけである。まだ、柄らしい柄も浮き上がってはいない。

万が一にも火を出してはいけないので、御機屋には灯をともさぬ決まりだ。今日はもう作業を続けることはできない。疲れているのではないが、さんざん涙を流したせいだろう、うずくように痛むこめかみをそっと指で押さえて、オネはため息をもらした。こんなものを織るのは嫌だ。こんなものを織るために、わたしはあの子を育てたのではない――

それはおまえの考え違いだと、村長《むらおさ》である夫には厳しく叱られた。村長の妻が、村のしきたりを違《たが》えてどうする。イコが哀れだとおまえは言うが、あの子はもう覚悟を決めている。おまえのその未練、その愁傷《しゅうしょう》が、かえってあの子を苦しめているのがわからぬか。

イコはどうしているだろう。岩屋に入って、今日でもう十日を過ぎた。オネも含め、女たちは岩屋に近づくことを固く禁じられている。だからオネは、あの子の顔も見なければ、声も聞いていない。ちゃんと食べているかしら。底冷えのする岩屋で、風邪などひいてはいないだろうか。

いや、大丈夫であることはわかっている。イコはずっと、村の誰よりも丈夫で元気な子だった。これまでに何度も、オネはそれをこの目で確かめてきた。

あの子が、見上げるような木のてっぺんから転がり落ちてもケロリとして起きあがり、「継母《まんかか》さま、ホラこれ」と、掌に大事に包んだ小鳥の雛《ひな》を見せてくれたこと。幼い身ながら淵に潜って魚を捕るのがあんまり上手なので、成人の儀式を終えたばかりの若い漁人《すなどり》たちに喧嘩を売られ、五、六人を相手に大暴れをしたのに、擦《す》り傷《きず》をこしらえただけで帰ってきたこと。懐かしく、誇らしい思い出。

村人たちは皆、オネがイコを愛《いと》おしむ気持ちは、あの子に対する深い同情と、後ろめたさに根ざしていると思っている。村長でさえそうだ。とんでもないと、オネは思う。イコは本当に可愛い子で、彼女はイコを心底愛してきた。あの子を育てるのは、いつだって楽しかった。

こういうことには子供同士の方が敏感なもので、孫たちが何度か、

「お祖母さまは、あたしたちより、あのニエの子の方がお気に入りなのでしょう」

と、口を尖らせたことがある。そんなときにはいつも、ええ、そうね。イコはあんたたちのような生意気な口はきかないし、欲深でも意地悪でもないからね――そう言い返してやりたい気持ちを押し込めて、だってあの子は可哀想なニエなのだからと弁

解した。すると孫たちは満足そうに笑い、自分はニエでなくて良かったと言ったものだ。

これまでに、オネの本音を鋭く見抜いた大人は、たった一人しかいない。亡くなって早《は》や五年になる、彼女の実の兄だ。

「おまえはイコに魅せられているようだ。だが、忘れてはならない。ニエの子があんなにも純真で優しく可愛らしいのは、あれはヒトではなく、したがって魂が虚《うろ》であるからだ。虚には悪しきものは宿らぬ。虚は愛を吸い込み、吸い込んだのと同じだけ、それを与えた者へとまた投げ返す。だからニエの子を愛することは、それを育てる者にとっては格別に容易で快いのだ」

そして、ニエの子が〝霧の城〟へ行くのは、本人にとってもけっして悲劇ではないのだと、彼はオネに教えた。

「なぜなら、ニエの子の魂は、その子が生まれたときからずっと〝霧の城〟に在るのだから。ニエの子は、己の魂を身体に納めるために〝霧の城〟へ行くのだ」

オネの実家《さと》は帝都《みやこ》の商家である。裕福に育ち、教育も充分に受けた。六つ年上の兄は帝都の神学校へ進み、二十二歳で神殿神官の資格を得たが、昇殿儀式の直前に自ら申し出てその職を辞し、野に下った。当然のことながら、彼の師も両親も猛反対をしたのだが、兄は聞き入れなかった。帝都の外れの小さな町に家を借り、近隣の子供たちを集め読み書きを教えて生計を立て、妻もめとらず、古文書をひもとき勉学に没頭し、謹厳《きんげん》で慎ましい生涯をおくった。実家へは、二度と足を踏み入れなかった。両親が晩年、さすがに気が弱り、何度か人を遣《や》って和解を申し出ても、穏やかにしかしきっぱりと退けるだけであった。

オネがトクサの村へ嫁ぐことが決まったのは、兄がそのようにして実家を出て、ちょうど一年後のことだった。オネは十七歳だった。兄弟姉妹は他にもいたが、勉学好きで気性の優しいこの兄と、オネは格別に親《ちか》しかった。だから婚礼が間近になると、両親の目を盗み、使用人の小女一人を供に、そっと兄の家を訪れた。別れの挨拶《あいさつ》をしたかったのである。

兄は喜んで彼女を迎えた。オネは、兄が出自からは考えることのできない貧しい暮らしをしていることに驚いたが、しかしその顔の明るいことに慰《なぐさ》められた。彼は手ずから素朴な料理をつくり、新鮮な飲み物を注いで妹をもてなした。

「トクサの村か……」

オネが嫁ぎ先のことを話すと、兄はそう呟いて、しばし考え込んだ。

「遠いところなのでしょう？　たいそうな田舎だと聞いています。でも、土地が肥えていて水が美しくて、海にも山にも生き物が満ちあふれていて、とても豊かな村だとも」

兄はうなずき、静かな目でオネを見た。

「この縁組は、どこから持ち込まれた話なのだね？」

オネは詳しいことを知らなかった。娘は親の命ずることに従うだけだ。

「たぶん、父上が進めた話なのだろう」と、兄は言った。「おまえの夫となる若者は、村長の息子だと言ったね」

「はい。ですからわたしは、ゆくゆくは村長の妻となるのです」

「それでは、トクサの村には他所《よそ》には無いしきたりがあり、村長はそれを守る役割を担うということは聞いているかい？」

オネは何も知らなかった。兄はつとまばたきをして、粗末な土塗りの壁に目をやった。

「お兄さま？」

兄が長いこと黙っているので、オネは不安を感じて呼びかけた。

ようやく口を開いたとき、兄の語調は穏やかなままだったが、その瞳が少しだけ翳《かげ》っていることを、オネは見逃さなかった。この兄は喜怒哀楽を、瞳の色にしか映さない。子供のころから、それは変わらない。

「おまえの嫁ぐことに、私は反対するわけではないよ。トクサの村は平和で豊かなところだ。不安を感じることはない」

「でも……」

「おまえは、父上母上が思っておられる以上にしっかりとした娘だ。賢くて強い。きっと良い妻になれるだろう」

兄がお世辞を言うはずはないことは知っていたが、ほめられたことで、オネの不安は強くなった。

「さっきおっしゃった、い、い、しきたりというのはどういうことですか？」

「私は軽率で困る」と、兄は微笑した。「嫁入り前の美しい妹を、よしなし事で脅かしてしまったようだ。なに、おまえが怖がらねばならないような種類のものではないよ。どの村にも、その村の決まり事があるものだ。そういうことだ」

兄は微笑を消さず、しかし目の翳《かげ》りは深くなっている。何か喉につかえているのだ。こんなときは、あれこれ問うよりも黙っていた方がいいと、オネは知っていた。兄上はとても正直な人なのだから。

「トクサの村は、豊かで美しい」と、兄はゆっくりと言葉を続けた。「それは、いわば……代償のようなものだ」

オネにはよくわからなかった。さらに問いかけようと口を開きかけると、兄は急ににっこりと笑みを大きくして、オネに向き直った。

「これからは、手紙のやりとりをしよう」

「お兄さまとわたくしと？」

「そうだ。おまえが実家にいるうちは、まわりの目がうるさくて、かえって不自由だった。嫁ぎ先ならば気が楽だ」

「そうですね……」

「もしもおまえの婿殿《むこどの》が嫉妬《しっと》するようならば、これは帝都にいる変わり者の兄からの手紙だと言いなさい。たくさんの本を読み、頁《ページ》の隙間《すきま》にたまった埃《ほこり》を髪にくっつけ、衣の裾を引きずりながら書庫を歩き回るのが大好きな学生の兄だと」

オネは笑った。「立派な学者の兄だと申します。だってお兄さまは、神殿神官にとどまらず、大神官にさえなれる方だという評判だったのですもの」

「おまえはいつでも私を自慢にしてくれていたのだよね」と、兄も笑った。しかし瞳は悲しいままであった。

そうして、本当に兄妹の手紙のやりとりは始まった。数は多くない。オネは兄の手紙のすべてを大事に保管しているが、それでも文箱《ふばこ》ひとつにおさまってしまうくらいの量だ。兄はどの手紙でも、オネの暮らしぶりを訊ね、気候や作物の出来具合を心配していた。オネが母親になると、子供たちの様子を詳しく知りたがった。オネはつぶさに書き送った。一方兄は、自分が教えている子供たちのこと、読んでいる本の興味深さ、学問の奥の深さを語り、帝都で流行《はや》っている軽佻《けいちょう》なことどもについて面白おかしく書き綴《つづ》ってきたが、トクサの村のしきたりについては、けっして書こうとはしなかった。

十三年前——イコが生まれ、オネが夫からそれについて初めて詳しいことを知らされ、薄い髪の下に丸い角の存在を確かに感じさせる赤子を抱いたときの心の動揺を隠せないまま、急ぎの手紙を送りつけるまでは。

「わたしが嫁ぐとき、お兄さまがおっしゃっていた事の意味が、ようやくわかりました」

その手紙に、兄は今まででいちばん長い返事を寄越した。

「我らが神殿に敬《うやま》い奉じる偉大なる神の、すべてを生み出し、すべてを癒《いや》し、すべてを治める愛の力を、おまえもよく知っていることだろう」

兄は風格さえ感じさせる文字で書いていた。

「しかし我らが偉大なる神とて、この地上を平らげるまでには、険しい道のりを歩まれねばならなかった。そこには争いがあり、戦《いくさ》もあった。トクサの村は、そのなかでも格別に熾烈《しれつ》な戦のあった場所だ」

かつて我らが偉大なる神は、今トクサの村のあるその土地のあたりで、強大な敵と戦ったことがある。そしてついに敵を倒し、封じることがかなったが、それには犠牲も伴った。トクサの村のしきたりと、そのしきたりの芯をなすニエという存在が、それだ——

「ニエは生まれながらにして敵の虜囚《りょしゅう》であり、しかしながら神の戦士であり、神の敵を封じるための要《かなめ》の石でもある。ニエはヒトの形こそしているが、その本性はヒトではなく、戦う神の指先なのだ。ニエの子を守り育てるおまえは、神の一部をその身に預かるのだということを、ゆめゆめ忘れてはならない」

オネは返事を書き送った。お兄さまの言う「神の敵」が、トクサの村が長い年月に亘《わた》ってその怒りを恐れてきた〝霧の城〟の城主なのですか？　ニエは、どのようにしてその怒りを和らげることができるのでしょう？

——それはニエにしかわからず、ニエにしか知らされぬことだ。ヒトの身で、それをうかがい知ろうとしてはならない。

兄の手紙には、得心《とくしん》のいくところもあり、不得要領《ふとくようりょう》のところもあった。常に我らが神を讃える言葉で始まり、同じようにしてしめくくられているが、やりとりを続け問答を重ねてゆくうちに、オネには、お兄さまは本当にこれらの言葉を信じているのかしらと、ふと疑問に思われるときもあった。

そしてあるとき、こう問うた。「お兄さまが神官への道を自ら絶ったことと、トクサの村のニエのしきたりには、何かしら関わりがあるのではありませんか？」

それは遠回しながら、若き日に神官を志した兄に対して、信仰への疑問を抱いたことがあるのではないか——と問いかけていたのだった。オネ自身は深くこだわらなかったが、もしもその手紙を誰かに見せたならば、破り捨てられてしまったことだろう。我らが偉大なる神。その恩寵《おんちょう》による地上の平和。そこに疑いを差し挟むことは大罪だった。

その手紙に、返事はこなかった。代わりに、兄が亡くなったという報《しら》せを受けたのだった。

ニエは生まれながらにして敵の虜囚であり、しかしながら神の戦士である——

オネは目を閉じ、脳裏に浮かぶ懐かしい兄の面影に問いかけた。でもお兄さま、わたしにとっては、イコは愛し子でしかないのです。あの子を〝霧の城〟へ追いやり、どうしてわたし一人が安穏としておられましょう。

「オネさま?」

蔀窓《しとみ》のところから、小さな声がする。オネは顔をあげた。

「まあ、トト」

イコの大の仲良しだ。背伸びをしてこちらをのぞきこんでいる。

「迎えに来てくれたの? ご苦労さま」

陽は急速に落ち、御機屋はすっかり暗くなっていた。オネは手探りで、機の脇に立てかけてあった古文書の写しを取り上げ、くるくると巻き取った。灯がないので、早朝や夕暮れには足元さえおぼつかなくなる。だから、オネの出入りには、必ず誰かが付き添って送り迎えをすることになっている。

「そうじゃないんです。内緒で来たんだ」

トトは早口でささやき、まわりをきょろきょろとうかがった。

「どうしたの?」

「ねえ、オネさまは知ってるでしょ。帝都《みやこ》の神官は、今どの辺まで来てるんですか?」

帝都は遠い。早馬が、神官一行が出発したという報せを持ってきてから、今日で十日。山をふたつ越え、大河を渡り、トクサの村からいちばん近い街道の宿場に着いたという報せが来てから、二日が経つ。

「まあ、なぜそんなことを知りたいの？」

宵闇のなかでさえ、トトの目が輝いた。

「オネさま、帝都の神官ってすごく偉いんでしょう？」

期待に満ちた、はずむ口調だ。

「村長《むらおさ》には叱られるようなことでも、帝都の神官が〝よろしい〟って言ったなら、やっても叱られないんだよね？」

頬笑《ほほえ》みながらも、少し用心する気持ちになって、オネは窓の外のトトに近づいた。

この子は何を考えているのだろう？

「トトは、村長がお叱りになるようなことをしようと思っているの？」

「ううん、そんなんじゃないよ」あわてて首を振る。このあたりのそそっかしさが、しかし、トトの可愛げでもある。

「ね、教えてください。神官たちは今どこまで来てるんですか？」

「わたしは知らないのよ、トト」オネは嘘をついた。「それに〝神官〟という呼び方はいけません。〝神官さま〟か〝神官殿〟と呼ぶのよ。あなたの言うとおり、とても偉い方々なのだから」

「だけど、うちの父ちゃんも母ちゃんも呼び捨てにしてるよ」

「それはおうちのなかだからよ」オネは思わず笑ってしまった。

「ふうん……。そういえば、さっきイコも〝神官殿〟って呼んでたなぁ」

オネは窓の縁に飛びついた。「まあ、トトあなた、イコに会ったの?」

「え? あ、うん」トトは急にへ、へ、へどもどした。

「岩屋に行ったのね? どうやって見張りに見つからないようにしたの?」

「木に登って、枝から枝に渡って行ったんです。そンで、岩屋の上のごつごつした岩場に飛び移って、明かり取りの窓のそばまで、岩肌をずうっと伝っていったの」

オネはびっくりしたが、すぐに、確かにトトならそういう離れ業もできるはずだと思い直した。この子とイコは、これまでにも、しばしばそのような〝曲芸〟をしては村の男たちを驚かせてきたのだから。

「イコは元気でしたか」

「うん。でも退屈してた。ひとりぼっちで閉じこめられているんだもんね」

「そうね……」

オネはまた涙がにじんできて、それをトトに見られないよう、あわてて顔をうつむけた。

「オネさま、怒らない？」トトは、そっと窺《うかが》うようにこちらをのぞき見た。

「怒りませんよ。あなたはイコといちばんの仲良しなのだもの。あの子が心配で、様子を見に行ってくれたのね。ありがとう」

トトに笑顔が戻った。いっぺんに安心してしまったようだ。

「おいらね、イコを逃がそうと思ったの」

トトはイコに話したことを繰り返した。

「だけどイコは逃げないって。そんなことをしたら、村が大変なことになるからって。だからおいら、それじゃおいらも一緒に〝霧の城〟へ行くって言ったんだ」

「何ですって？」さすがに、オネも度肝《どぎも》を抜かれた。「あなたが〝霧の城〟に？」

「うん、そうだよ」ケロッとしている。「でも、イコはそれもダメだって。神官に――神官殿に知られたら、やっぱり大変なことになるから」

トトは思い切り不満げに頰をふくらませた。

「オネさま、あいつ、いつからあんないくじなしになったの？　あれもタイヘン、これもタイヘンって、ビクビクしてさ。だけど、どうタイヘンなのか、教えてくれないんだ。成人の儀式のときに村長が教えてくれるまで待ってろって。一人で何でもわかっちゃったふうな口きいて、おいらのこと仲間はずれにするんだぜ」

トトの不満は、オネにもわかる。オネも仲間はずれだからだ。村長とイコは、二人だけで禁忌の山を越えて出かけ、帰ってくると、二人だけにしかわからない秘密を抱えて閉じこもってしまった。村長は日頃からおしゃべりな人ではないが、輪をかけて無口になった。そしてイコは岩屋に入ってしまった。

「何がどんなふうに大変なのか、トト、わたしも知らないのですよ」詫《わ》びるような気持ちで、オネは言った。「村長は、わたしたちがそれを知る必要はないとおっしゃるの。ただ、しきたりを守らねば大変なことになるということだけわかっておればいいのだ、とね。そして、わたしたちは村長がおっしゃることに逆らってはいけないの」

トトは頰《ほお》をふくらませたまま、フンというような声を出した。「だけどさ、村長よりも、神官さまの方が偉いんでしょ？　神官さまの言うことの方が上なんだよね？　だからさ、オネさま。神官さまにお願いして、おいらも一緒に〝霧の城〟へ行ってもいいってお許しをもらえれば、村長だっておいらのこと叱れないでしょ？」

オネはちょっと絶句してしまった。

「それじゃあなた、神官さまに直訴《じきそ》しようというの？　それで神官さまが今どこにおられるか知りたいの？」

「そうです」トトはケロリとして答えた。

「そんな……あなた……イコは、あなたが一緒に行くなんて言い出したら、それを神官さまに知られたら大変なことになるとは言わなかった？」

トトはじれったそうに肩を動かした。「だから、それは、黙ってくっついて行ったらダメだけど、お許しをもらえばいいってことじゃないの？」

なんとまあ。やっぱり子供なのだ。わかっていない。

「神官さまがそんなお許しをくださるとは思えないわね」

「なんで？　頼んでみないとわからないよ」

これはいけない。理を説いても無駄だ。早くこの子の逸《はや》る心を抑えてやらなくては。オネは言った。「そうですね。頼んでみましょう。でもトト、それはわたしに任せてちょうだい」

「オネさまに？」

「ええ。わたしがイコと一緒に〝霧の城〟へ行くわ。一緒に行かせてくださいと、神官さまにお願いしてみます」

「でもオネさま、〝霧の城〟は遠いんでしょ？　オネさまは身体が弱いじゃないか。そんな遠くへ旅なんかできやしないよ。おいらの方がいいよ」

「いいえ、わたしの方がいいわ。大人だもの。神官さまだって、そうおっしゃるでしょう」

「じゃ、おいら、こっそり後を尾《つ》けていく」

「いけません！」オネはトトの頭に手を乗せた。「そんなことはできませんよ」

「できるよーだ」

「できません。わたしがあなたのお父さまに言いつけますから」

「そんなのズルイ！」言いかけて、急にトトは首をすくめた。「誰か来た！」

オネが窓から首をのばしてみると、薄暗がりの中を近づいてくる松明《たいまつ》が見えた。村人が迎えに来たのだろう。

「トト、逃げなさい――」

「大丈夫だよ、オネさま」トトは身軽に窓によじ登り、そこから屋根の上へとあがった。

「ここなら見つからないから」

トトの声のしっぽが耳から消えないうちに、松明がゆらゆらと動き、村人がオネに呼びかけてきた。

「そこにおられるのはオネさまですかい？」

「はい」と答えて、オネは蔀窓《しとみ》を閉め、戸口の方へ回って戸を押し開けた。

「すみません、お迎えが遅くなりまして」

狩人《かりうど》の衣を着た村の男だ。屈強な身体つきで、腰には短い剣を帯び、広い背中に半弓と矢筒を背負っている。この男は村の狩人たちのなかではいちばんの年長で、頭《かしら》だ。川の対岸から、枝の先にぶらさがったリンゴの実を射抜くほどの弓の名手でもある。

御機屋《みはたや》は、村はずれの森の一角を切り開いて、急ごしらえで建てられた。だから、とりわけ早朝や夕闇のころには、まだ獣がまわりをうろつくかもしれないし、おまえの送り迎えには、狩人を遣《や》るから——村長はそう言った。が、オネは察していた。武装した者を供につけるのは、わたしが逃げ出すのを防ぐためだろう。

御機屋は、いよいよ〝霧の城〟へ向かうというときに、ニエに着せる〝御印《みしるし》〟を織るための場所だ。御印は、すぽんと上から被るだけの、ごく簡素な布だが、そこには決められた文様を織らねばならぬ。オネが村長から渡された古文書の写しには、その文様が描かれているのだった。手本通りに織れば、さして難しいものではない。

そして、それを織るのはニエの子を育《はぐく》んだ女の役目。それもしきたりである。だから織らねばならぬ。しきたりを守る側は、何が何でもオネに織らせねばならぬ。

「すぐお帰りになれますかな？」

「はい。参りましょう」オネは古文書の写しを胸に抱き、後ろ手に小屋の戸を閉めた。松明がぱちぱちとはぜて、明るい火の粉がオネの前をふわふわと横切った。

先に立ってゆっくりと歩き出しながら、狩人の男は低い声で言い出した。「お迎えが遅くなりましたのは、山で怪我人が出たからなのです。お許しくだされ」

「まあ！　ひどい怪我なのですか」

「岩場から落ちて両足の骨が砕けました」狩人の声は淡々としていた。「あれでは、治ったとしてももう狩りは無理でしょう。また歩けるようになるかどうか」

怪我人の名を聞くと、この春に成人の儀式を終えたばかりの青年だった。オネは首を振った。

「可哀想に……」

「未熟者なのです」と、狩人は続けた。「岩場に登るときには、見通しのいい場所に着いても、決して北の山の方を見てはいかんと、あれほど言っておいたのに」

オネはぎくりとした。「北の山――禁忌の山ですね？」

「そうでございます」

「何が見えたのですか、あの方角に」

「いつもは何も見えません。それでも、目をやってはいけないと、わしは若い者たちに厳しく言い聞かせています。万にひとつ、何かが見えることがあるやもしれませんからな」

「それで、今日は何かが見えたのですね？」

狩人頭はオネに背中を向けたまま、わかりませんと短く答えた。

「でも――」

「怪我人は譫言《うわごと》のようなことばかりを言っておりますからな。頭もやられてしまったのかもしれませぬ」

オネは一瞬、目を閉じた。

「それに、何かを見て、それでも正気を保っておられたとしても、見たものについて語ってはいかんのです。わしは子供のころからそう教えられて育ちました。オネ様はご存じでしょうか。わしの親父も狩人頭でしたからな。親父は昔、岩場に鳥を射ちに登り、北の山の方を見やって、すっかり頭がおかしくなってしまった者がいたという話をしてくれたものでした」

「……怖しいことですね」

「話だけです」と、狩人頭は続けた。「しかしその事が起こったのは、やはり生贄《ニエ》の刻《とき》だったそうですよ」

オネさま――と呼びかけながら、狩人頭は足を止め、振り返った。松明の火の粉がオネの顔にかかった。狩人頭の顔は、松明の明かりに照らされつつも、青白く強《こわ》ばっていた。

「〝霧の城〟は、生贄の刻を知っています。捧げられるべきニエがあまりにぐずぐずしていると、かの城は苛立《いらだ》つのです。そしてその苛立ちを、風に乗せて報せて寄越す。だから未熟な狩人が、運悪くそれを見てしまう」

オネは狩人頭の目を見つめた。相手も正面からオネを見据えていた。

「わしらは〝霧の城〟が何処《どこ》にあるか、正確な場所は知りませぬ。が、そこに至るには、北の山を越えてゆくということぐらいは知っている。だからこそ、北の山は禁忌の山になっているのですからな。〝霧の城〟は、あの山を越えた先にある」

誰も踏み込んではいけない山を越えた向こう、海に面した崖《がけ》の縁《ふち》に。

「しかし、かの城の主の悪意は、今、北の山の空にまで近づいてきています。それほどに焦《じ》れているのです」

「……何を言いたいのですか」オネはやっと、そう呟いた。

「オネさまは機織りを厭《いと》わしく思っておられるとか」狩人頭の口調が厳しくなった。「愛おしんで育てたイコを手放すのがお辛いのはわかります。わしも人の親だ。お気持ちはお察しする。が、イコは人の子ではありません。あれはニエです。ニエのために時を稼いで引き延ばしたとしても、何ひとつ良い結果など出ませんぞ」

　狩人頭が遅れたのは、きっと村長と、このことについて話をしていたからだろう――オネはぼんやり考えた。

「わたくしは時を稼いでなどおりません」

「それならばよろしいのですが」狩人頭はくるりと背を向け、また歩き出した。今度は早足になる。「明日は夜明け前にお迎えにあがります。早く御印を織り上げていただかねば、いたずらに神官殿ご一行をお待たせしてしまうことになりますからな」

　オネは首うなだれてその後をついていった。


　トトは屋根の上で耳をそばだてていた。

　怪我人が出たって。タイヘンだ。それはトトにもよくわかる〝タイヘン〟だ。でも、今はそれどころではなかった。

　そうなのか！〝霧の城〟は、けっして行ってはいけないときつく止められている、あの北の山を越えたところにあるのか！

とても素晴らしいことを思いついた。トトは踊り出したいような気持ちだった。

オネさまは神官殿に願い出て、イコと一緒に行くという。でもトトは行ってはダメだという。それならば、ちょっぴり先回りをして、待ち伏せしていたらどうだろう？そして神官殿ご一行がやって来たら、見つからないように後を尾《つ》けてゆくのだ。そうすれば、必ず〝霧の城〟にたどりつける。

（神官たちは、どうせイコとオネさまを置いて帰っちゃうんだろうからな）

そしたら、トトは姿を現して、

（イコと一緒に冒険するんだ！）

オネさまだって、おいらたち二人と一緒なら大丈夫だ。おいらたちは強い。

トトは、もっと凄い思いつきをして、今度こそ本当に屋根の上で飛び上がった。もしかしたら、おいらたちは〝霧の城〟の主と戦って、やっつけることだってできるかもしれない！

「ヤッホウ！」

小さく叫んで、トトは屋根から飛び降りた。

風向きによっては、岩屋のなかにまで御機屋《みはたや》の音がはっきりと聞こえてくる。イコが〝霧の城〟へ旅立つまでは、村の誰も他の機屋を使ってはいけないとされているので、機の音がすれば、それは継母《まんかか》さまが僕のために御印《みしるし》を織っている音なのだと、イコにもわかった。

4

薄暗い岩屋のなかで一人ぽつねんとしていると、時が過ぎるのもよくわからない。イコは、御機屋の音が聞こえると新しい一日が始まったことを知り、それが停まると夕暮れが来たことを知った。そうやって三日を数え、四日目の朝が来て、イコは、朝の食事を運んできてくれた見張り番の男から、思いがけないことを聞かされた。

「トトがいなくなっちまったんだ」

トトの父親は狩人だ。今の季節はとりわけ早起きになる。が、今朝父親が起きてみると、トトの寝床は空っぽだった。さらに、妹の一人が、夜中のうちにトトがこっそりと家を抜け出そうとしているのを見たというので、たちまち騒ぎになった。

「あのイタズラ坊主は妹に、兄ちゃんは、皆にナイショでちょっと出かけるんだと言ったそうだ」

「何処《どこ》へ行くとは言わなかったんですか?」

「何にも。なにしろ妹はまだチビだし、半分寝ぼけていたらしいからな。トトを引き留めたり騒いだりしなかった」

おまけに、二頭いる村の馬のうちの一頭が、厩《うまや》から引き出されているというのである。村の馬は、トクサの村から他所《よそ》へ急ぎの遣いを出さなければならないときのため、日頃から大事に飼っているものだ。どちらも賢い駿馬《しゅんめ》である。白馬の方が銀星《しろがね》、栗毛の方が矢風《やふう》という名だ。

イコにはピンときた。トトは馬が好きで、その世話をするのも上手だった。馬たちもトトにはよく懐《なつ》いていた。

「トトが乗っていったんですよ……」

「そうなんだろうな、きっと」見張りの男は顔を曇らせている。「家のなかからは、着替えとかちょっとした日保《ひも》ちのする食い物なんかも持ち出されとるそうだ。あのイタズラ坊主、いったい何処へ行くつもりなんだろう。イコおまえ、何か心当たりはないか? 村の衆で手分けして探しにかかってるが、トトが夜中のうちに出立《しゅったつ》したのだとしたら——しかもあの馬で——方角の見当だけでもつかないと、大人の足でもなかなか追いつけるもんじゃない。トトが行きそうな場所が思い当たらないか？」

数日前にトトとかわした会話が鮮やかによみがえり、イコは不安で胸苦しくなるほどだった。

（おまえと一緒に〝霧の城〟へ行く）

しかしトトは〝霧の城〟が何処にあるか知らない。村長《むらおさ》とイコの他は、誰も知らないのだ。一人で行かれるはずがない。

でも——

トトはそそっかしいところがあるけれど、それは頭の回転が速いということでもある。イコに、一緒に〝霧の城〟へ行くなんて許されないと言われ、腹を立てたトトは、しかし（諦めたわけじゃない）とも言っていた。

ひょっとしたら、やがて出立するイコの先回りをして、〝霧の城〟へ向かう道筋の何処かで待ち伏せしようなどと考えついたのかもしれない。そしてその道筋は、きっとあの北の禁忌の山の方向にあるに違いないと見当をつけたのかもしれなかった。これは易《やさ》しい足し算だ。

実際には、〝霧の城〟へ向かうには、ただ北の禁忌の山を越えるだけでなく、そこから今度は西へ進路を取って、森を抜け岩場を越え、険しい道のりを何日も何日も歩くのだと、村長は教えてくれた。その行き方は、帝都《みやこ》の神官殿しかご存じない。だから、トトが一人で〝霧の城〟にたどり着くなんて、どんな奇跡に恵まれたとしてもあり得ないことだろう。

だが、北の禁忌の山に入ることならできる。そこまでならば、トトにもできる。イコにだってできたのだから。

「トトは、どっちの馬を連れ出したんですか？」

「矢風だよ」

それなら間違いない。矢風は岩場や山道に強いのだ。どんな狭い切り通しでも崖っぷちでも、少しも恐れずに風を切る矢のように走り抜けることからその名がついたのだから。

「トトは北の禁忌の山に向かったんだと思います」

イコの言葉に、見張りの男は真っ青になった。「おい、なんでそんなことがわかるんだ？」

「村のみんなは、誰も北へは探しに行っていないんでしょう？」

「当たり前じゃないか。禁忌の山だ。近づいちゃならんのだ」

「でも、トトはそっちへ行ったんです。夜中のうちに村を出たのなら、もう山道にさしかかってるころでしょう」

　他の場所を探したって無駄だ。一刻も早く北へ向かい、トトを連れ戻さねば。彼があの山を越えた向こうに広がる光景を目にする前に。

「村長にお願いしてください。僕に銀星を貸してほしいんです。僕がトトを追いかけます。必ず連れ戻して来ますから」

　見張りの男はあとずさった。「何を言い出すんだ。おまえをここから出すわけにはいかんよ。そんなことぐらいわかっとるだろう」

「わかっています。だけど、禁忌の山に入れるのは僕と村長だけだし、村長はもうお歳だから、とても銀星を乗りこなすことはできないでしょう」

　しげしげとイコの顔を見て、見張りの男はさらに岩屋の壁際まで退《しりぞ》いた。

「おまえは、禁忌の山に入ったことがあるのかね？」

「はい。生贄《ニエ》の刻《とき》が来るとすぐに、村長が僕を連れていってくれたんです」

「なんでまたそんなことを」

「僕の心が迷わずに済むように」イコは急いで言い足した。「でも、そんなことよか、早くトトを捕まえなくちゃ！」

　見張りの男は、イコの勢いに押されるように、駆け足で岩屋を出ていった。イコは気が急《せ》いて、ぐるぐると岩屋のなかを歩き回った。今日は機の音も聞こえてこない。村中がひっくり返っているのだ。継母《まんかか》さまはどうしているだろうか。

ほどなくして、岩屋に村長がやって来た。見張り番の男は牢を開けると逃げるように外へ出て行き、イコは村長と二人になった。

「村長、僕に――」

皆まで言わせず、村長は発止《はっし》とイコの頬を打った。イコはぽかんと口を開いた。

「村長？」

「おまえはトトに何を吹き込んだ？」

村長の表情は厳しく、口元が変なふうに歪んで見えた。イコが今まで一度も見たことのない顔だ。二人で禁忌の山を越えたときだって、こんな怖い顔はしていなかった。

「僕が――トトに？」

「そうじゃ。トトがここを訪ねていたことは知っておる。おまえたちは仲良しだった。せめてそれぐらいは許してやろうと、わしは知っていて目こぼししていたのだ。それが仇《あだ》になってしまった。おまえはトトに何を持ちかけ、どんな企てをしたのだね？」

企て？　僕が？　僕がどうしてトトを巻き込んだりするだろう。いちばんの友達を。こんな見当違いの非難が、どうして村長の口から飛び出すのだろうか。あまりの驚きに、イコは頬を打たれた痛みさえ感じなかった。

「子供ながらによく考えたものだ」

村長は言って、身体の両脇で拳を握りしめた。そうしていないと、またイコを打ってしまいそうになるのを抑えているのかもしれなかった。

「トトが姿を消し、おまえがトトを探しに行くという口実で村を出る。銀星と矢風を走らせれば、大の大人の狩人でもおまえたちには追いつけぬ。そうやって逃げようとしているのだろう？　言いなさい。素直に認めるのだ。トトとは何処で落ち合う約束をしてある？　二人で合流したら、何処に逃げるつもりだったのだ。言っておくが、おまえたちに逃げ場所などないぞ」

何ということだろう。村長はとんでもない考えをお持ちだ。

「違います！　そんな企てなんて、僕もトトも考えたこともありません！」

「この期《ご》に及んで嘘をつくつもりかね？」

「嘘じゃない！　村長は僕を信じてくださらないんですか？」

イコは思わず村長にすがりついたが、村長はその手を振り払い、背中を向けた。

「おまえが素直にニエの運命を受け入れてくれたことを、わしは心から喜んでいた。済まないと思いつつも、この身は深い感謝の念で満たされていた。それなのに、おまえはわしを裏切っていたのだな」

村長の痩せた背中を見つめて、イコには口にするべき言葉がなかった。それほどに、その背中は冷たく頑《かたく》なだった。どんな弁解も説明も通用せず、すべて跳ね返されてしまうだけだろう。

イコが幼かったころ、この背に何度もおぶってもらったものだ。そしてイコは、来《きた》るべき自分の運命を承知していたから、角が今のように大きくなる以前から覚悟していた。僕は、年老いて足の弱った村長をおぶってあげられるような歳になるまでは、ここにはいられないのだと。

「おまえの御印は、今日にもできあがる」と、村長は岩屋の壁に向かって言った。「御印ができたら、村の櫓《やぐら》から狼煙《のろし》をあげ、川の向こうの宿場におられる神官殿にお知らせすることになっておった。神官殿は一日もあればトクサの村に着かれる。そして、すぐにもおまえを連れて出立される手はずになっていた」

ようやく声を絞り出して、イコは言った。

「トトが無事に村に戻るまでは、僕は何処にも行きません」

「そうだろうよ」冷たいだけでなく、そこにかすかな軽蔑《けいべつ》さえも混ぜて、村長は笑った。

「それもまた時を稼ぐ算段になるからな」

「そんな意味じゃないです！」

「いずれにしろ、銀星はもう発った。神官殿に、事の次第をお報せするためにな。トトの処遇については、神官殿のお沙汰を待つばかりだ。そして我らは、そのお沙汰が届くまで、あの子が気まぐれな冒険心を起こして近くの狩り場へでも一人で出向いたのではないかという一縷《いちる》の希望を抱きつつ、探し回ることしかできぬ。北の禁忌の山には誰も遣《や》らぬ。おまえをここから出して探しに遣るなどとんでもないこと。その手は通用せぬ」

頬が冷たいので、なんだろうと手をあげてみて、初めてイコは自分が涙していることに気がついた。

「僕は——自分のニエとしての責任から逃げ出そうなんて思っていません」

村長は黙っている。

「とりわけ、禁忌の山を越えて、あそこであの光景を見てからは、本当に一瞬だって迷ったことはありませんでした。あんなことが、トクサの村に……何処にだって……

起こってはならないから……あんなことを防ぐために、僕が役に立てるなら、それが僕の運命なら、進んで受け入れようと思ってきました」

村長は老木のように立ちつくしている。岩屋のなかで動いているものといえば、震えながら言葉を吐き出すイコのくちびると、ふたつの眼からぽろぽろ落ちる涙の雫《しずく》だけだ。

「その気持ちに嘘はないです。僕は嘘なんかついてない。自分が逃げるためにトトを危ない目に遭わせるなんて、僕にはできない。そんなことできません」

村長の頭がゆっくりと傾《かし》ぎ、低くかすれた声が聞こえた。「ニエに心を許してはならぬと、古文書は厳しく教えていた。わしはその教えを、本当に理解してはおらなんだ」

そして衣の裾を引きずるようにして、よたよたと岩屋を出ていった。イコは引き留めなかった。もう何も言えずに、ただ静かに涙を落とし続けた。

村長が出ていくのと入れ違いに、御機屋から音が聞こえてきた。

継母さまだ。継母さまに会いたい。継母さまなら僕の気持ちをわかってくださる。今までずっとそうだったように。わかっていますよ、イコ。さあさあ泣かないで。そういって慰めてくださるだろう。

いや、それもまた夢かもしれない。もうそんなことはないのかもしれない。ニエであることを受け入れるというのは、村長も、継母さまも、みんなが変わってしまうのを受け入れるということでもあるのだ。

初めて、その過酷さが身に染みた。とうとう、イコは両手で顔を覆《おお》い、声をあげて泣き出した。


やっぱり、こいつは凄いや。

この足並みの軽いこと。疲れを知らぬ足運び。つやつやとした馬体。精悍《せいかん》なほどにしっかりとした首まわりに、漆黒《しっこく》に輝く瞳。栗色のたてがみをなびかせて、矢風《やふう》は走る、走る。

トトは上機嫌だった。浮かれているといってもいい。いっぺんでいいから、こうして矢風を走らせてみたいと思っていた。あまりの爽快《そうかい》さに、自分が何処に向かっているのか、そも何のために内緒で村を抜け出したのか、忘れかけてしまうほどだった。

夜中に村を出たので、明《あけ》の明星が輝くころには、北の禁忌の山の麓《ふもと》までたどり着いていた。ずっと草原を走り抜けてきたので、そこで休憩をとって矢風に水をやり、馬体をなでさすって、うんと褒《ほ》めてやった。自分も焼き菓子を食べ水を飲み、夜明けの光のさしかけるのを待って、禁忌の山へと登り始めた。

生まれて初めて訪れる禁忌の山。話にさえ聞いたことがない。が、その様子は拍子抜けするほどに平穏で、緑豊かで明るかった。道らしい道はないが、斜面はなだらかだし、ゆらゆらと長い葉をゆらす柳の林の足元には、芝のような短い下草が生えているだけなので、矢風はそれまでとさして変わらない足取りで登ってゆくことができた。トトは、馬があんまり逸《はや》らないように、ときどき首を叩いて宥《なだ》めてやりながら、矢風の蹄《ひづめ》がさくさくと下草を踏む音を心地よく聞いて進んだ。

朝の光をいっぱいに浴びるころには、もう四合目ほどまで登っていた。馬上で身をよじって見おろすと、走り抜けてきた草原が、どこまでも真っ平らに広がっている。美しい。

なんだい、ちっとも怖いことなんかないじゃんか。この山のどこが禁忌なんだ？

トトの胸はふくらんだ。希望の光が、その小さく整った顔を内側から明るく照らす。彼の心は舞いあがり、早や〝霧の城〟へと飛んでいた。イコと二人で〝霧の城〟へ乗り込み、城の主《あるじ》を倒して村を守るのだ。禁忌の山は、蓋《ふた》を開けてみればこんなものだったのだ。〝霧の城〟だって、実はそんなに恐ろしいものじゃないかもしれないじゃないか。みんな、闇雲に言い伝えを恐れて臆病《おくびょう》になっているだけだ。面と向かってみたらこっちの方が強いってことだってある。

矢風の足取りも、トトの心をそのまま写し取って、ますます軽くなる。峠《とうげ》を目指して、小さな戦士と勇猛果敢な年若い馬は、ためらいもなく登ってゆく。

それでも――もしもトトがもう少し大人で、もう少し油断のない狩人の目を持っていたならば、きっと気がついたことだろう。この山に、この森に、彼と彼の駆る矢風のほかには、まったく生き物の気配がないことに。鳥も鳴かず、虫も飛ばない。冷えとした森の空気に、ただ木々の葉が揺れるだけ。それこそが、ここが狩人たちのもっとも忌み嫌う死の山である印だということに。

しかしトトは気づかない。矢風も怯えない。そうして人馬一体となった彼らが、とうとう峠にたどり着くときが来た。森が切れ、空が広がり、視界が大きく開けた高所で、トトは矢風から降り立った。

そして眼下に信じられないものを見た。

街だ。

灰色の城壁に囲まれている。なんて立派で大きな街なのだろう。トクサの村の何倍もある。立派な石造りの家々が密集し、煉瓦《れんが》敷きの街路が何本も交差している。あれは教会だろうか。尖塔《せんとう》が空に向かってそびえている。あの大きなお堂のような建物の、てっぺんには旗が翻《ひるがえ》っている。

そして人が——そう、人がいる。街路を埋め尽くしているのは、人の群だ。

トトは目を見開いて、ぽかんと口を開けた。未だ恐れを感じてはいない彼の心も、しかし、この光景の放つどうしようもない違和感には反応していた。

この立派な街は——どうしてこんなに隅から隅まで灰色なんだろう？　あんなに大勢いる人たちも、どうしてみんな灰色なんだろう？

何より、どうして誰も動かないのだろう？

道を埋め尽くしたまま、どうしてみんなじっと固まっているのだろう？　目をこらしてよくよく見れば、あの旗、あれさえも動いていない。トトの頬を撫でている峠の風は、あの街には届いていないというのだろうか。

5

捜索に出た村の男たちは、皆、手ぶらで空《むな》しく帰ってくる。馬に水をやり、自らも休息をとり、頭をつき合わせて相談し、そしてまた出かけてゆく。誰の目にも懸念《けねん》の色と、トトが向かったのは「北」に違いないという確信の色が、不吉の度合いだけを異にして、密に混じり合って浮かんでいる。

昼過ぎに村長《むらおさ》は、宿場から来た使者に会った。使者が携《たずさ》えてきた手紙は、帝都《みやこ》の神官一行がしびれを切らしていることを告げていた。

御機屋《みはたや》では音がしている。オネは御印《みしるし》を織る作業を続けているのだ。トトの身を案じるオネを、村長は頭から叱りつけた。それどころではないという彼の言葉に、オネはほとんど憎むような目を返してきた。それでも彼女の手が止まっていないことは、喜ばなくてはならないだろう。

あと三日の猶予《ゆうよ》を請《こ》う旨を手早くしたためて、村長は丁重に使者に渡した。手紙と一緒に、神官一行が身にまとっている尊大さをも運んできた使者は、騒がしく出入りする村の男たちの様子に、あからさまに咎《とが》めるような視線を投げていた。

「事態がもしも村長殿の手に余ることならば、帝都から僧兵の一小隊を送り込むのはたやすいことというお話でした」

語る口調にも、居丈高な響きが混じっている。村長はひれ伏した。

「それには及びませんとお伝えください。トクサの村は、すべて神官殿の申されるままに従い申す所存です。我らの忠心には、一片の曇りもございません」

使者が立ち去ると、村長は一人、拳を握りしめた。ふつふつと湧きあがるこの怒りは、イコの卑劣な振る舞いや、トトの無鉄砲さや、オネの意固地さに向けられているもの――どんなにそう思いこもうとしても、その意思の下から、隠しようのない本音が顔を出す。威張り屋の、そっくり返った神官どもめ。そんなにもニエが欲しいならば、とっとと来て自らの手を汚せばいいではないか。なんだかんだと理屈をつけてはいるが、トクサの村に滞在することを避けるのは、ニエを捧げるこの村の嘆きを聞きたくない、村人から非難の視線を向けられたくないという、怯懦《きょうだ》によるものに他ならぬ。そうでないと言い張るのならば、育ての母のオネに御印を織ることを強い、イコを岩屋に閉じこめ、村人の問いかけを封じるという汚れ仕事を、自らここに来てやってみるがいい。

しかし固めた拳を振り上げる先はなく、村長は肩を落とすことさえも自らに禁じる。抑えようのないこの怒りのなかには、思わずといえども、イコの頬を打って手ひどい言葉を投げかけた自らに対する嫌悪感も混じっていることを、苦く噛みしめて。

その村長を、村の女が息せき切って呼びにきた。数日前、岩場から落ちて大怪我をした狩人が、今し方息を引き取ったという。村長の心はさらに重く沈み、その顔は石に刻まれた像のように強《こわ》ばってゆく。彼の心もまた石になってしまえばどれほど楽であろう。そう、石に。すべてが石に――

石だ。これはすべて石だ。

人も、街も、何から何まで石になっている。

だから動かないのだ。旗さえも、風に翻《ひるがえ》る形のまま停まっているのだ。

トトは峠を駆け下りて、あの大きな街、城塞都市の内側に足を踏み入れていた。矢風は彼に轡《くつわ》をとられて、おとなしやかに歩んでいる。つい先ほどまでは、その背中に堂々とまたがっていたトトは、今は馬体に身を寄せて、そこから伝わってくる生き物の温《ぬく》もりだけを頼りに、すくんでしまいそうになる自分を励ましていた。

見渡す限りに灰色の、石化した世界。

往来を埋めている人びとは、ある者は空を指し、ある者は頭を抱えて逃げ出すところで、ある者は口を開いて悲鳴をあげている。その姿のまま石と化している。どれほどの長い年月が、この上を通過していったのだろう。おそるおそる伸ばしたトトの指に触れられて、がさりと欠け落ちてしまうものもあった。

ぶるると、矢風が鼻を鳴らした。トトは手綱を握り直した。

交差するどの道を折れても、石となった人びとが待ち受けていた。トトは最初、それらを全部作り物だと思おうとした。何かよく判らない、だけど立派な目的があって、帝都の偉い人たちが、ここに城塞都市の石像を作り上げたのだ。数え切れないほどの人の像を彫り、家の像を造り、最後にそれを城壁で囲んで、ここに陳列したのだ。

何のために？　戦《いくさ》のときの囮《おとり》？　ああ、きっとそうだ。そうに違いない。街着に身を包み、頭には革の兜《かぶと》さえかぶらず、荷を負ったり子供の手を引いたり、籠《かご》を持ったり水を汲んだりしている人たち。これほどよくできていれば、敵が間違って攻め寄せてきても不思議はない。

でも、だったらどうしてこの石像たちは、まだ敵が来てもいないうちから、泣いたり叫んだり怯えたりしているのだろう。どうしてみんなで西の空を指しているのだろう。

トトは飛び抜けて賢い子供ではなかったが、よく見える目を持っていた。その目は彼に、彼が逃げ込もうとしている安全な想像を裏切るものを、次から次へと見せつけていた。石の人びとの顔に浮かぶ、まぎれもない恐怖の表情。襲い来る何物かを指弾《しだん》する手つき。逃げられないという諦めの嘆き。

戦の囮の石像が、最初からこんな顔をしているはずはない。

樽を積み上げた路地の入口に突き当たり、トトは足を止めた。樽に触れると、その表面が砂のようにさらさらと削《そ》げ落ちる。つと首をのばすと、樽の向こう側に、自分と同じくらいの背格好の子供が隠れているのが見えた。石と化したその子の髪の上に、樽から落ちた砂がこぼれかかる。

その子の顔は笑っていた。

襲い来る何かから隠れたのではなく、ただ無心にかくれんぼうをして遊んでいるところに、何かが来たのだ。その何かが、この子が事態を理解するだけの隙《すき》も与えずに、この子を石に変えてしまったのだ。

トトは悟った。この街は作り物などではない。これが禁忌の正体なのだ。

これが〝霧の城〟の呪いなのだ。

かの城の主は、一瞬でひとつの城塞都市を、これほどに残酷なやり方で滅ぼすことができるのだ。

イコもきっと、これを見たのだ。彼の言う「タイヘン」とは、こういうことだったのだ。村を守らねばならないという彼の決意は、この光景を見たからこそ生まれたのだ。

矢風が軽くいなないて、トトに鼻面をこすりつけてきた。トトは石となった子供から目を離すことができないまま、矢風の首を撫でてやった。

この通りの端では、厩《うまや》がひとつ、まるまる石と化している。もちろん、馬房の馬たちもそのまま灰色に固まっている。今、トトが掌に感じている矢風の温もり、毛並みのやわらかさ、鼻をくすぐる臭い。そのすべてが冷たい灰色に変わってしまうと、あの馬たちのようになるのだ。

矢風がまたいなないた。今度は両脚を持ち上げて、明らかに怯えている。トトは手綱を引っ張ると、振り返って馬体を仰いだ。

空が目に入った。この死の街の人びとが一様に指さし恐れたまま固まっている、西の空が目に入った。

信じられないという以上に、あり得ないものをそこに見つけた。

細かな黒い霧？　小さな小さな黒い羽虫の群？　空に漂っている。漂いながら形を成している。広い額。真っ直ぐな鼻筋。流れる黒髪。そして、一対の目。

女の顔だ。視界いっぱいに浮かんでいる。

トトの心のなかに、声が聞こえてきた。

――おまえは誰だ。

イコと二人、村のそばの洞窟《どうくつ》に潜って遊んだことがある。他の子供たちが怖がって潜らないような深みまで進んでみると、小さな地底湖を見つけた。水晶のように澄んだ水が溜まっていて、底の方から淡い燐光《りんこう》が漏れていた。イコとトトがそこに向かって石を投げると、水音が跳ね返ってきた。洞窟の壁に反響し、さらに水に跳ね返り、また壁に跳ね戻って震える音。いくつもいくつも石を投げ込むうちに、それらの残響が重なり合って、不可思議な音楽のようにも、祈りの声のようにも聞こえてきた。

その声は、トトにそれを思い出させた。地の底から響き昇る音。

女の顔は空にあるのに、呼びかける声は地から伝わってくる。それは、トトの心の底に、直《じか》に呼びかけられているからかもしれない。

——おまえは誰だ。何を求めてここに足を踏み入れた。

空に広がる女の顔の、くちびるが動き、歪んでゆく。

——不埒者《ふらちもの》め。

矢風が猛《たけ》り立って首を振り動かし、トトの手から手綱が離れた。つかみ直す間もなく、馬は狂ったように走り出す。

「矢風！」トトは叫んだ。

石となった人、人、人に阻まれて前脚を蹴り上げた矢風に向かって、空にいる女の顔の視線が動いた。黒い霧で形作られたくちびるが、優雅にすぼまってふうと息を吐いた。

トトのすぐ傍《かたわ》らを、氷のように冷たい風が通りすぎる。その風はまたたく間に矢風に追いつき、その美しい栗色の身体を包み込んだ。足を踏み鳴らし、悲鳴をあげるようにいななく矢風のしっぽの先が、後脚の蹄《ひづめ》が、脛《すね》が、背中がたてがみが、みるみる灰色に染まってゆく。

いななきが、突然宙で途切れた。矢風は、行く手をふさぐ石化した人を蹴り上げようとした前脚の形もそのままに、その場で石になってしまった。

トトの息が止まった。矢風が、矢風が、矢風が石になってしまった――

「嫌だぁぁぁ！」

喉を逆流するような悲鳴と共に、トトは息を吐き出した。同時に足が地を蹴った。逃げなくては。ここから出なくては。あの女から逃げ出さなくては。生きてここを出なくては。村に帰らなくては。

無我夢中で逃げ出した。後ろを振り返らなくても、女の顔が空を飛び、追いかけてくるのを背中で感じた。女の顔が笑っていることもわかった。

遮《さえぎ》る石を押しやり、乗り越え、ぶつかった街角を曲がり、トトは逃げた。花籠を抱えた女が、彼の体当たりに、足元から粉々に砕けて散った。舞いあがる埃に咳き込みながら、トトは自分に鞭《むち》打って走った。城壁を目指すのだ。さっきくぐってきた、開けっ放しの城門へ向かうのだ。どっちだっけ？　右か、左か。自分は今どこを走っているのだ？

冷たい風が、頭の上をかすめる。声のない悲鳴が喉元に駆けのぼり、足がもつれかけてトトは手をついた。

すぐ目の先に、一軒の家の戸口があった。つっかえ棒をして、戸が開いている。この街のなかでは、戸口の奥に溜まった暗がりさえ、闇色よりも石の色に似て見えた。きっと家のなかもすべて石化しているのだ。

また、風がかすめた。トトは一目散にその家のなかに駆け込んだ。何かがしたたか脛《すね》にぶつかり、派手な音をたてて壊れた。人だろうか。物だろうか。

窓からは戸外の陽光がさしかけてくる。トトは身を伏せ、這うようにして家のなかを進んだ。それでも目の隅で、窓のすぐ外側をよぎって、女の顔を形作る黒い霧が飛ぶのを捕らえた。怒りに燃えた蜂の群のように、ふくらんだり列になったりしながら、ぴったりと追尾してくる。

トトは両手で部屋のなかの瓦礫《がれき》をかき分け、窓のすぐ下まで進んで、ぴったりと背中を押しつけた。息が切れ、心臓は今にも口から飛び出しそうだ。

あの女の顔を形作っていた黒い霧のようなものは、移動するときまったく音をたてなかった。そこが羽虫の群とは違うところだ。だから、いっぺんそうして安全な壁に張りついてしまうと、今度はなかなか動き出すことができなかった。ちょっとでも首をのばして外を見たら、あれが宙いっぱいに広がって、ふたつの黒い瞳でトトを見据えているところかもしれない。せめてあいつが何処にいるのか、見当だけでもつけることができたらいいのに。

あまりの怖さに、ぽろぽろと手放しで涙を流していたらしい。自分を励まし、呼吸を整えながら、手で顔をごしごしとこすった。

そうして初めて、室内を見回した。

思ったとおり、内部もすべてが石と化していた。脚のところに凝《こ》った彫刻のほどこされたテーブル。床に敷かれた円座。ひっくり返った背もたれ付きの椅子。みんな灰色だ。窓の反対側の壁を覆《おお》ったタペストリーには、太陽と月と星の運行を描いた、きれいな柄が浮き出している。こういう織物は、トクサの村の特産品である。だからトトはよく知っていた。元は色鮮やかな手織の品だったはずだ。手で撫でればしっとりと重く、縒《よ》り合わされた上質の糸の手触りが、きっと心地よく感じられたことだろう。それが今では、かちかちに乾燥した薄切りのパンみたいになって、壁にくっついている。

この街は、いつからこんな恐ろしい状態で放置されているのだろう。

この街が生きていたのは、どれほど昔のことなのだろう。

トトのすぐ傍らに、丸々とした果物が傷ひとつないまま石化して、ころりと転がっていた。そっと指先で触れると、ぐずりと崩れてトトの指の形の穴があいた。思い切って掌で包み込んでみようとすると、たちまちのうちに果物の形を失い、灰色の砂となって指のあいだからこぼれ落ちてしまった。

石化して、風化している。時が容赦《ようしゃ》なくこの街をむしばんでいるのだ。

おののくようなため息をひとつ吐いたとき、何かと目があった。灰色ずくめの室内の、信じられないくらい低い場所に、一対の目があってトトの方を向いていたのだ。テーブルの向こう側だった。すらりとした人の形の石が、横ざまに倒れている。右耳を下にして、肩をすくめたような姿勢で、脚がちぢこまっている。

きれいに整った顔立ちだ。髪型からして女のひとだ。柳の若木のようにしなやかな身体の線は、石になってもまだ美しい。

開きっぱなしの瞳の、石の凝視《ぎょうし》。心なしか、トトに向かって微笑んでいるかのような優しい眼差《まなざ》し。この人はここで何をしているところだったのだろう。誰のお母さんで、誰のお姉さんだったのだろう。石と化す寸前の、最期の言葉は何だったのだろう。

「ごめんなさい」

両手で顔を覆って、トトは泣いた。ここに来るべきではなかった。踏み荒らすべきではなかった。自分はなんて愚かだったんだろう。

こらえきれない嗚咽《おえつ》で、肩を動かしてしまった。そのはずみだろう、トトが身を潜めていた側の壁で、何かが突然大きな音をたてて崩れた。ぎょっとして飛び退《の》くと、蔀窓《しとみ》を押し上げていたつっかえ棒が、きれいに砕け落ちていた。灰色の埃が舞いあがる。

膝立ちになって、トトは窓際から離れた。と、耳ざとく今の音を聞きつけて、窓の向こうの方から宙を飛び、歪んだ女の顔が近づいてくるのが見えた。トトの魂が身体の底でひっくり返った。ああ、見つかっちゃう!

外へは逃げられない。隣の部屋は? 通路のようなものが見えるが、その前には食器棚のようなものが倒れかかっていて、トトには乗り越えられそうもない。ほかに出口は?

必死で見回した目の隅に、壁のくぐり戸のようなものが引っかかった。開いている。トトは森の兎のように素早く、ためらうことなくそこへ飛び込んだ。

頭から下へ向かって落ちた。ごろごろと転がり落ちながら、これは階段だということがわかった。地下室だ。地下室があるんだ。

もんどりうっていちばん下の段まで落ちると、頭がごつんと壁にぶつかった。そのとき、頭の上のついさっきまでいた部屋で、ががらと盛大な破壊音が響き、くぐり戸から差し込んでいた階上の明かりが、一気にとぼしくなった。

トトが入り込んで動き回ったことで、石化したまま放置されていた部屋のなかのものが壊れ始めているのだ。さっきの果物と同じだ。

閉じ込められてしまった——

ほんの一筋、新しくできた瓦礫《がれき》の隙間から差し込む糸のような明かりを頼りに、トトは闇を見あげた。どうやら、階段の上から三分の一ぐらいまで、瓦礫が落ちかかっているみたいだ。これを手でどけて、登っていくことができるだろうか。

だけど階上の部屋に戻れば、そこにはまたあの黒い霧の形作る女の顔のバケモノが待っている。

トトは背後によどむ地下室の暗がりを振り返った。こそりとも音がせず、埃っぽい匂いと冷え冷えとした空気は、階上と同じだ。広い地下室なのだろうか。他にも出口はあるだろうか。

また床を這うようにして、トトはゆっくりと進み始めた。ふたつの掌に触れるのは、石の床の感触だけ。遮《さえぎ》るものはない。右へ、右へと手を伸ばしてゆくと、壁みたいなものにぶつかった。手でさすると――これは？　部屋の壁じゃないぞ。家具だ。仕切りがあって、そこに何か収納されている。

何だろう？　暗闇のなかでトトは、今まで誰にも、イコにさえ見せたことのない大人びた表情で顔をしかめて、懸命に手探りをした。収納されている〝何か〟を撫でさすり、軽く叩いてみて、次に指先をひっかけて――

すると、それがするりと動いてトトの掌のなかに落ちてきた。トトはそれを慎重に両手で持ち直すと、階上からの頼りない明かりの下まで運んでいった。

その〝何か〟とは、本だった。

壁際には本棚があるのだ。

もちろん、本も石になってしまっている。表紙をめくることなどできないし、強くつかむとやっぱり指の痕がつく。表紙に書かれている言葉は、この薄い明かりのなかではっきり読みとれないが、それでも何だか見慣れない文字だということはわかった。

トトはちらりと、村長《むらおさ》の家の書庫を思い出した。いたずら半分でイコと二人、忍び込んで探検していたら、こっぴどく叱られたことがあったっけ。出入口の扉以外は、どの壁も本で埋め尽くされていた。

この石になった本は、村長の書庫で見かけたたくさんの本に似てる。ひょっとしたら、ここも書庫なのかもしれない。この家の主《あるじ》も、村長みたいな偉い人で、難しい古文書なんかを研究していたんだろうか。

トトはそろりそろりと動いたが、それでも、手のなかの本は、彼がちょっと指に力を込めると、呆気《あっけ》なくぱさりと折れてしまった。トトはそれを慎重に足元に置き、再び両手で床を掃《は》くようにしながら探検を始めた。奥の方まで進んでしまうと、階段からの明かりは届かなくなる。鼻をつままれてもわからない真の闇だ。ただ、その闇のなかでも、壁の三方が書棚で、そこには数え切れないほどの本が収められているらしい――ということがわかると、トトはちょっぴり安心した。

村長はいつも言ってた。本を読め。学問をしなさい。知識こそが人を強くするのだ、と。トトはそういう言いつけを、身を入れて聞いたことがなかった。だって、狩人は強くて素早ければいいんだから。学問は、頭はいいけど足は遅い奴に任せておけばいいんだと思っていた。

それでも、わからないことばかりのこの街で一人、闇よりも怖いものに怯えて隠れ

ていると、彼のなかに植え付けられてきたわずかばかりの〝知識への尊敬〟が頭をもたげ、

(ここは安全だよ)

(ここは守られているよ)

と、小さくささやくのが聞こえるように思った。それともこれは、ただの気のせいだろうか。

ここは本の砦《とりで》。でも——残念ながら、出口はない。あの階段をあがるしかないようだ。

仕方がない。何とかして階上にあがり、外へ出よう。ぐずぐずしていて陽が落ちたら、真っ暗闇のなかに取り残されることになる。

いや、ちょっと待てよ。

階段の瓦礫を取り除き、上に戻るのは、むしろ陽が落ちてあたりが暗くなってからの方がいいのではないか。あの黒い霧の固まりだって、明かりがなければ、トトを見つけにくくなるだろう。闇がこの街を包み込めば、トトが身を潜めることのできる場所も増える。

おいらは狩人だ。ひるむ心を叱咤《しった》するために、トトは強く拳を握って胸にあてた。

夜のなかでも駆けることができる。方向を見失うことなんかない。星を仰ぎ月の高さを見て進めば、この街を抜け出して村に帰ることだって、けっしてできないことじゃない。

難しいけど……。とりわけ、矢風《やふう》がいない今となっては。

トトは奥歯を噛みしめて、弱気の波に抗《あらが》った。溺《おぼ》れてしまうのは簡単だ。そんなのカッコ悪いじゃないか。もう泣いちゃ駄目だ。何としても村に帰らなくちゃ。

よし！　気合いを入れ、ちょっとのあいだ前後を忘れて、トトは闇のなかで勢いよく立ち上がった。と、左肘を嫌というほど何かにぶつけて、声も出ないほど痛かった。どすんと音がして、肘にぶつかった何かが倒れ、壊れたようだ。今まで気づかなかったけど、小さい家具がそこにあったのかもしれない――

空を切る気配のようなものを察して、トトは飛び退いた。その勘に誤りはなかった。さっきぶつかったものよりずっと大きなものが、ぐらりと傾いてトトの耳のそばをかすめ、ずしんと腹の底に堪《こた》えるような音をたてて倒壊した。

ものすごい埃に、トトは手で口と鼻を押さえた。これはもしかすると――小さい家具が倒れて書棚にぶつかり、今度は書棚が壊れて崩れ落ちてしまったのかも。

埃がおさまるのを待って、足元を手探りすると、壊れた本の山ができていた。ああ、やっぱりそうだ。

と、その新たな本の破片のなかで、何かが光っていることに気がついた。

階上からの光を受けているのではない。ここは真っ暗だ。が、その何かは光っている。雲の多い夜でも、かすかにまたたく狩人の星のような青白く美しい光。

トトは両手で砂をかき分けた。その光るものは、すぐに正体を現した。

それもまた、本だった。

ただ、石になっていない。紙の本だ。古びてはいるが、この手触りは間違いない。トトは大急ぎで明かりのあるところに移動して、両手で大事に抱えたその本を検分した。薄べったくて、白い本だ。階上からの明かりにまともに照らされても、その本が発している輝きは消えない。

表面についた埃をそおっとぬぐってみる。本の輝きはわずかながら明るさを増した。表紙には、五つの言葉が並んでいる。トトには読むことのできない、教わったことのない言葉だ。古文書に使われている言葉だ。村長ならば、読み解くことができるだろう。

たった一冊だけ。この本だけが、〝霧の城〟がこの街にかけた恐ろしい石の呪いを免れた。そして浄《きよ》い光を放っている。

この本は——きっととても強いものなのだ。〝霧の城〟に負けないものなのだ。ならば、トトのことも助けてくれるかもしれない。

トトは顔をあげ、口を結び、階段を埋めている瓦礫を見た。

音をたてないように、本当に気をつけてゆっくりと作業をしたので、階段が通れるようになるころには、陽はとっぷりと暮れていた。それでもトトは、階段の下の暗闇に潜んで、辛抱強く待った。夜よ来い。月よ今宵《こよい》は姿を隠していてくれ。おいらが逃げる道を、帳《とばり》をめぐらして隠してくれ。

待っている間に、ちょっとだけうとうとした。そのあいだも、輝く本を、しっかりと胸に抱きしめていた。弓矢や槍《やり》を抱くように、身体とひとつになるくらいに、ぴたりと抱きしめて離さなかった。

あたりが夜のなかに沈むと、トトは階段をのぼった。腕のなかの不思議な本は、トトを勇気づけるように輝きを放ち、彼の足元を照らしてくれた。それでいて、軽く掌で表紙を覆うだけで、すぐに輝きを封じ込めることもできる。これならば、あの女の顔に見つけられる心配も少ない。

トトは、石と化し夜に眠る街を走り抜けた。

道には迷わなかった。トトの狩人としての素質は、これほどに怯えていても、けっして彼を裏切らなかった。

矢風のそばを通り過ぎた。一瞬、涙がこみ上げてきて、トトは片手で馬体を撫で、首を抱いてやった。ごめんよ、こんなところに連れてきてしまって。ごめんよ、ひとりぼっちで置き去りにして。

「いつかきっと、迎えに来るからな」

きっぱりとそう誓って、トトは城門を目指した。

こうして街を出た。禁忌の山の麓まで、足を緩めずにトトは走った。息をあえがせ、胸は苦しく、足は疲労に悲鳴をあげたが、それでもけっして立ち止まらなかった。休んではいけない。今、ここで走らなくては間に合わなくなる。そんなふうに、しきりと思った。

トトの腕のなかで、本は輝く。

彼が禁忌の山の山道にさしかかると、森の彼方に月が顔をのぞかせた。まるで、トトが木々のあいだにまぎれることができるまで、待っていてくれたみたいだった。

月の光を受けて、本の輝きも増した。トトにはわからない方法で、月の光と本の光とが、笑みをかわしあっているみたいにも思えた。

峠まで、あと少し。立派な大人の狩人でさえ、こんなふうには走れまい。しかし、今のトトには魔法がかかっているかのようだった。

6

途切れがちの浅い眠りに、むしろ疲労が増したような夜明け。村長《むらおさ》は、村人たちのあわただしい訪れに驚かされた。

「村長、トトが、トトが見つかりました！」

「今、皆でこちらに運んでいるところです」

朝焼けと共に出発した捜索隊の狩人が、草原に倒れているトトを見つけたのだという。

「様子はどうだ？」

「ひどく弱っていて、口もきけません。でも目は開いていますし、私らの呼びかけは聞こえているようです」

すぐに村の入口が騒がしくなった。捜索隊がトトを連れ帰ったのだ。村長は、奥の間から飛び出してきたオネを強く制した。

「おまえは御機屋《みはたや》へ行きなさい」

「でも――」

「忘れたか。少しでも早く御印《みしるし》を織り上げることが、今のおまえの務めだ。これは村長の命令である」

オネは痩せた肩を落として引き下がった。

村長はトトの家へ急いだ。トトの父親は狩人であり、狩りには不可欠の武具をつくる職人としての腕も立つ。並大抵のことで狼狽《うろた》えるような男ではないが、今、簡素な家の戸口に立ち、戸板に乗せられたわが子が運び込まれるのを見守っているその顔は、今にも壊れそうなほど蒼白《そうはく》に強《こわ》ばっていた。奥で泣き叫んでいるのは彼の妻だろう。

「医師は呼んだか」

「はい。遣《つか》いの者を、銀星《しろがね》で走らせました」

村長は戸口に提げられた布をはねのけると、素早くトトの家に入った。トトは大勢の大人たちの手で戸板の上から寝床へと移され、仰向けに寝かしつけられている。父がトトの頭を撫で、母が涙ながらにかき抱き、まわりを取り囲む大人たちのあいだから、小さな弟妹が、大声で泣きながら手をさしのべ、トトに呼びかけている。

トトのまぶたが動き、口元が震えるのを、村長は確かめた。身体中が埃だらけで傷だらけだが、大きな怪我はないようだ。二本の足はぐったりと力無く投げ出されている。両手は胸のあたりでぎゅっと縮こまっている。

村長は気づいた。トトは——何か持っているようだ。

ひとつ息を吸い込んでから、村長は朗々《ろうろう》と声をあげた。「皆の衆。よくぞトトを無事に見つけて連れ帰ってくれた。まずは喜ばしい。済まぬが一時、トトとわしを二人にしてはくれないか。大切な話がある」

その声で、皆はようやく村長がそこにいることに気がついたようだった。はっと身じろいで、一同が道を空ける。しかしトトの両親は、子供のそばから離れようとしない。

「まことに済まない。しかし、わしには村長としての務めがある。そこをどいて、トトと話をさせてくれ」

村長はトトの両親の顔を見つめた。

「間もなく医師が着くだろう。その前に、ほんのしばらくの間でよい」

この村の存亡に関わることなのだ——

そこまで言い添えて、やっと通じた。トトの父が妻の肩を叩き、立ち上がった。トトの母ははらはらと涙をこぼし、我が子の頭や頰を撫でたりさすったりしつつ、そっと寝床の上へ横たえた。

皆が家の外へ出るのを見届けて、村長は衣の裾をとり、風のように素早くトトの枕辺へと歩み寄ると、膝をついた。

「トト。わしが誰だかわかるか」

トトの頭がかすかに動いた。

「話ができるかね」

乾ききってひび割れた幼子のくちびるが、何とか声を絞り出した。「む、むら、おさ」

村長は掌をトトの額に置いた。陽射しのない場所の土のように冷たく、じっとりと湿っている。そっと撫でてやると、村長の手が埃で汚れた。そのざらりとして細かい手触り。村長の背中に寒気が走り、北の禁忌の山の峠から見おろしたあの光景が、脳裏に浮かび上がってきた。

村長はトトの手や足にも触れてみた。どこに触れても冷たい。そして埃にまみれている。あの埃——石と化した街の空気。

「おまえは、北の禁忌の山に行ったのだね」

トトはしきりとまばたきをして、小さな顎《あご》をうなずかせた。

「峠を越え、山の反対側へと下りた。そしてあの街に入ったのだな？」

トトがまたうなずいた。

「では、石と化した人びとを見ただろう」

見ました——と、トトは口の動きだけで答えた。もう、声が出てこない。

「他に何を見た。おまえはあの街で何かに会わなかったか？」

返事の代わりに、トトの目尻から涙が伝い落ちた。身体全体がわなわなと震え始める。

「会ったのだな？　誰と会った。何を見た」

か細い身体に残ったありったけの力を振り絞ろうとしているのだろう、トトの呼吸が速くなった。

「か、かお」

「顔？　どんな顔だった」

「お、オンナの、ひと」

怖かった——と、トトは言った。涙があふれ出す。

哀れさに胸が詰まりながらも、恐怖の方が先に立った。村長は両手を握りしめた。

「女の顔を見たというのか。それはおまえを追いかけてきたか？」

トトは目を閉じてうなずいた。村長の身体中の血が瞬時に冷えて、心臓が悲鳴をあげた。

「おまえは行ってはならぬ場所に行ったのだ。してはならないことをしたのだぞ」

カタカタと、トトの小さな歯が鳴った。

「ご、ごめんなさい」

そしてトトは、胸の前でぎゅうっと抱きしめた自分の腕を動かそうとした。腕はなかなか動かない。固く錆《さ》びついてしまった閂《かんぬき》を引き抜こうとすると、ぱらぱらと錆が落ちるのに似て、トトの細い腕の筋肉が張りつめると、腕の皮膚から灰色の埃の薄片がはがれ落ちた。

「こ、これ」

トトの腕が少しずつ緩むと、そこに抱きしめられているものが、村長の目にもちらりと見えた。

本だ。古びてぼろぼろになった書物ではないか。

「これ、が」

村長はトトの手首をつかみ、幼い子の身体を損ねないように精一杯気をつけながら、彼の腕を緩める手伝いをした。

「これ、が、守って——くれた」

かすれた声でそう呟いて、トトは大きな瞳で村長を見つめた。トトはその本を、何とかして村長に渡そうとしているのだった。

トトの腕と腕のあいだに隙間ができた。するりと本がずり落ちた。村長はあわててそれを掌に受け止め、そっと引き出した。

灰色の埃にまみれている。表紙の布は、その灰色よりも、わずかながらさらに白い。石の匂い——村長があの街を見おろしたとき、風が運んできたのと同じ匂いが、ぷんと鼻先に漂った。

村長は本の表紙を慎重に手で払い、そこに書かれた短い文字の連なりを読み取った。

「光輝《こうき》の書」

我が目を疑った。信じられない。なぜこんなものが？　どうしてここに？

「トト、おまえはこれをどこで見つけた？　本当にあの街のなかにあったのか？」

幼子の肩をつかみ、揺さぶって、叱りつけるように声を大きくした。が、トトの瞳は急速に焦点を失い始めていた。村長の手に本を渡すと、それで大切な役目を終えたとばかり、トトの腕はがくりと垂れ、身体の両脇に滑り落ちた。

「トト、しっかりしなさい！」

力つき、ゆっくりと泳ぐトトの視線が、一瞬だけ村長の顔の上に戻り、口がかすかに動いた。

「これ——光」

「光？　光がどうした？」村長はトトの口元に耳を押しつけた。「トト、言ってくれ！」

村長には、トトがもう一度「ごめんなさい」と言ったように聞こえた。が、呼気にまぎれてしまうようなその弱々しい声は、次の瞬間、村長自身の驚きの声にかき消されてしまった。

ぐったりと仰向けになったトトの身体が、爪先から固まってゆく。何か大きな灰色の波が押し寄せて、みるみるうちにトトの身体を覆ってゆくかのようだ。いや、トトの身体という透明な器を、灰色の水が生き物のように満たしてゆくかのようだ。

だがこれは水ではない。

石だ。トトは石になってゆく。

「トト！」

村長は、その灰色の波からトトを引き出そうと、両手を伸ばした。が、つかまえたものは、すでに石と化した細い肩。顎の先が、鼻が、頬が、石へと変じてゆく。

何か大切なものを必死で見届けようとするかのように、トトは目を見開き、そのつぶらな瞳がきゅっと収縮した。それからさあっと灰色に変じた。村長が、トトの瞳が見届けたものを見ようと身を乗り出すその前で、トトは髪の先まで石になってしまった。

めまいに襲われ、村長は思わずよろめいて、本を取り落とし、トトの身体の脇に手をついた。本は拍子抜けするほど軽い音をたてて軽く跳ね、トトの頬のそばにことりと落ちた。

光輝の書。

あたかも、涙を流しながら石と化したトトの頬を優しく撫でようとするかのように、その本はトトの顔に触れていた。

村長は震えながら本を拾い上げ、ついさっきまでトトがしていたのと同じように、両手で胸に抱きしめた。

この世にあるとは思えない書だ。失われて久しく、時の彼方に埋もれたと、遠い昔に諦められていた書だ。

それが、この幼子を守ったという。

村長は膝立ちになり、胸に抱きしめた書物を両手で大切に包み込んで、日の高さに掲げた。書は輝いて見えた。呪われた石の朽ちた埃をまといながらも、それ自身はまったく朽ちていなかった。村長の掌のなかで確かに息づき、内に秘めた力を村長のなかに注ぎ込む。

村長は、身体の震えが止まり、呼吸が鎮まり、身体の芯が浄《きよ》められてゆくのを感じた。

「おお、我らが神よ」と、村長は呟いた。

「古《いにしえ》の叡智《えいち》よ。永遠《とこしえ》なる清浄の守人《もりびと》よ」

村長の目に、初めて涙が浮かんだ。たった一筋、しわだらけの頬を流れ落ち、顎の先に止まってから、作物の芽に降りかかる春の最初の雨のひと雫《しずく》のように、ぽつりとトトの右の頬に落ちた。

「我らが神よ。あなたが——トトを呼ばれたのですね」

深く秘され、幾星霜《いくせいそう》を堪え忍び、ようやく時満ちて、今再び、迷い怯える我らが元へ。

その運び手に、トトを召された。

頭を垂れ、光輝の書に額を押しつけて、村長は一時《いっとき》、全身全霊で祈りを捧げた。やがて顔をあげると、片手で優しくトトの頭を撫でてやった。

「おまえは勇敢だった。でかしたぞ、トト」

そして、村長は立ち上がった。


ぐずぐずしている暇はなかった。村長は村人たちを全員集めると、しなければならないことを、矢継ぎ早に指示していった。

「これから三日のあいだは、誰ひとり猟に出てはならぬ。男たちは村の四隅に足場を建て、篝火《かがりび》を焚《た》き、交代で見張りにつく。昼も夜も、火を絶やさぬようにするのじゃ。女たちは水と塩で村中をくまなく浄め、機《はた》という機をすべて動かして、織物を織ってくれ。子供たちよ、陽のあるうちは、皆で祭りの歌をうたっておくれ。楽器の鳴らせる者は、持ち寄って奏《かな》でておくれ。陽が落ちて村の門戸を閉じてからは、見張りの男たちを除いては、皆、家にこもり、物音を立ててはならぬ。身体を休め、夢魔《むま》を寄せつけぬように、手をつなぎあって静かに眠る。そして夜明けが来たら、また同じようにして過ごすのだ。この三日だ。この三日が大切じゃ」

村の者たちは当惑した。何より、御印を織る御機屋があるうちは、他の機は動かしてはならないというのが「生贄《ニエ》の刻《とき》」のしきたりだと、村長自身が厳命したのではなかったか。それを進んで破ろうというのか？

村長は揺るがなかった。

「どうかわしのこの新しい命《めい》に従ってほしい。三日が過ぎ、四日目の朝が来たら、狼煙《のろし》をあげて宿場におられる神官殿を呼ぶ。その日のうちに、神官殿一行は来たりて、イコを〝霧の城〟へと連れ去ることだろう」

「しかし村長、村の四隅で篝火を焚くなど、まるで戦《いくさ》ではありませんか。ただ事ではない。何の理由もなしに、そんなことをしていいものですか？」

理由はあると、村長は力強く答えた。

「これは戦なのだよ」

ひととおりの指示を終えると、村長は御機屋へと向かった。ばたんと戸を開けると、なにも言わずにオネの手から糸通しを取り上げ、織りかけの御印を機から引き剝《は》がして、彼女を死ぬほど驚かせた。

「いったい何をなさるのです？　どういうおつもりなのですか！」

色をなして問いつめるオネの両肩に手を乗せて、村長は言った。

「かつて分かたれし知と勇の、再び出会い結びあうとき、長き呪いの霧は晴れ、古《いにしえ》の光輝は地に蘇るなり」

「あなた……」

村長は、懐深くおさめた「光輝の書」を取り出すと、その表紙を開き、彼女の前に差し出した。

「ここを御覧。そら、先《せん》にわしが渡した御印の柄とよく似た柄が、ここに描かれているだろう？」

オネは夫とその書のページとを見比べた。確かに彼の言うとおりだが——

「これこそがイコに着せる御印だ。今まで織ったものは捨ててしまえ。そして、大急ぎでこの新しい御印を織っておくれ。余裕はない。村人たちが疲れてしまわぬうちに、大急ぎで織りあげておくれ」

夫の目に光が宿っている。言葉よりも、その強い光がオネを動かした。

「それは——イコを助けることにつながるのですか？」

思わず夫の袖をつかみ、問いかけたオネに、村長はうなずいた。

「そしてあの子が、我らを助けることにもつながるだろう！」

7

水底から浮かびあがる淡い光。身体を包む清浄な冷気。

——深いのかな。

——きっとね。

——ずうっと潜っていったら、どっかに通じてるかな。

トトがそう言って、えいと声を出して石を投げる。地底湖の水面に波紋が広がる。

——寒いけど、気持ちいいな。

——深呼吸すると、胸のなかがきれいに洗われるみたいな感じだね。

思い出だ。洞窟《どうくつ》探検。地底湖を見つけて、その美しさに驚き、歓声をあげた。手にしていた松明《たいまつ》を取り落としそうになって、僕はとっても慌ててしまった——

イコははっとして目を開けた。

明かり取りの小窓から、夜明けの光が射し込んでいる。身体は冷え切って、強ばっている。そういえば、昨夜は寒くてなかなか寝つかれなかった。

（だから、あんな夢を見たのかな）

トトと二人で潜った洞窟。這ったり潜ったり登ったり、けっこうきつい道行きだった。でも寒くて寒くて汗もかかず、奥歯がガタガタ鳴ったっけ。

水底に漂う淡い燐光《りんこう》の、精霊の衣のような儚《はかな》い美しさ。今も、目を閉じればはっきりと思い浮かべることができる。魅せられたように瞳を輝かせ、湖底をのぞきこんでいたトトの横顔も。

この三日ほど、村のなかはひどく騒がしかった。夜明けから始まって、陽のあるうちは、鉦《かね》と太鼓《たいこ》の音と子供たちの歌声が絶えることがなかった。何が起こっているのだろう？　いよいよ神官殿ご一行が到着するので、歓迎の用意をしているのだろうかと、イコは思った。

トトは、どうしているだろう。他の子供たちと一緒に歌っているのだろうか。

——おまえはトトに何を吹き込んだ。

村長《むらおさ》との、あのひどいやりとりの後、イコは食べられず眠れず、いっそ、岩屋の壁に頭を打ちつけて死んでしまおうかとさえ考えた。でも、それから一夜明けて、見張り番の男が、トトは帰ってきたから心配するなと教えてくれて、安堵《あんど》のあまりまたちょっと泣いた。

どこで見つかったんですか、怪我はしていないんですか、トトはどうしてこっそり村を出たりしたんですか。ちょっとでいい、トトに会わせてもらえませんか。すがるようにして訊ねたのに、見張り番の男は何も教えてくれなかった。

――とにかく、トトのことはもう心配するな。おまえはニエの務めを果たすことだけを考えておればよいと、村長がおっしゃっている。

苦い実を噛んでいるかのような顔で、そう繰り返すだけだった。

――飯はちゃんと食えよ。出立《しゅったつ》が近づいているのだから。

そしてまた、一人ぼっちで岩屋のなか。夢のなかでしか、仲良しの友達の顔を見ることもできなかった。

身体をほぐすために岩屋のなかを歩き回り、腕をぐるぐるさせたり、足を曲げ伸ばしたり。そうしているうちに気がついた。今朝は歌や音楽が聞こえてこない。御機屋《みはたや》の音もしない。

昨日までとは様子が違う。

岩屋の入口に、人影が見えた。イコは急いで両手で顔をこすった。

村長だ。長い衣の裾を引きずり、痩せた肩を張って近づいてくる。そのすぐ後ろに、オネが従っている。

「継母《まんかか》さま!」

思わず声をあげたイコに、オネが笑いかけた。みるみるうちに、その目に涙が溢《あふ》れる。

イコに駆け寄ろうとしたオネを、村長は手で制した。そして、彼女が両手で捧げ持っていた美しい布を取り上げ、恭《うやうや》しい手つきで自分の袖にかけると、うなずいた。

「――イコ」

オネが両手を広げて呼びかける。イコは一瞬、窺《うかが》うように村長の顔を見た。その目に優しい許しの光を見つけて、次の瞬間にはオネの腕のなかに飛び込んでいた。

「イコ、イコよ。わたしの良い子、わたしの可愛い子」オネは歌うように何度も何度も呼びかけて、イコを抱きしめ、頭を撫でた。

「こんなところでずっと一人、寂しかったでしょう、悲しかったでしょう」涙を落としながら、オネはそう繰り返した。「わたしたちを許しておくれ。こんなしきたりをおまえに強《し》いて、おまえ一人を辛い目にあわせる。わたしたちの力弱さを許しておくれ」

「継母さま……」

イコはオネの腕のなかで、村長の顔を見た。イコの頬を打ったあの日からたった数日で、またいちだんと憔悴《しょうすい》したように見える。しかし村長は泣いてはいなかった。イコとオネの二人を見守る表情には、イコを育ててくれたかつての村長の、威厳に満ちた優しさが戻っていた。〝生贄《ニエ》の刻《とき》〟の到来を知ったときに、村長の瞳から消え失せていたもの。それが今、蘇《よみがえ》っている。

「オネ、もうよいか」

村長は穏やかにオネに問いかけ、微笑んだ。

「辛い気持ちはわしも同じだ。が、別れを惜しんでおれば、きりがない」

オネは泣きながらうなずき、両手でイコの頬を包むようにしてひと撫ですると、身を離した。オネが下がると、彼女に並んで立ち、村長はイコに向き合った。

「この夜明けに狼煙《のろし》を焚いた。午前《ひるまえ》には神官殿ご一行が着くだろう。出立の儀式を済ませたら、おまえは〝霧の城〟へと向かうことになる」

イコはごくりと喉を鳴らし、急いで頬に残った涙を拭うと、姿勢を正した。

「はい、わかりました」

もっと強い意志のこもった返事をしたかったのに、涙で震えた声しか出せなかった。それでも、自分の決意に揺るぎのないことを示すために、イコは真っ直ぐに村長の目を見つめた。何があっても、もう二度と泣いたり嘆いたりしない。うろたえない、動揺しない。

が、次の瞬間、あまりにも思いがけないことが起こって、イコはぽかんと口を開いた。

村長とオネが、その場でゆっくりと恭《うやうや》しく跪《ひざまず》いたのである。

「む、村長？」

あわてて身をかがめるイコに、村長は強い声を発した。「そのまま」

オネがイコに頬笑みかけ、胸の前で指を組み合わせると、祈るように頭を垂れた。

跪いた村長の目は、イコの肩の高さにあった。ひたと見上げられ、村長の瞳をのぞきこんで、イコはつい先ほどの浅い眠りのなかで見ていた夢を思い出した。村長の目のなかにも、あの洞窟の地底湖の底に漂っていたのと同じ、浄《きよ》く美しい燐光がある。

「我らの希望の光よ」と、村長は静かな口調で言った。

イコはこれまでに何度となく、村長がこの素晴らしい声で祈るのを聞いてきた。豊《ほう》穣《じょう》の祈り、戦士の祈り。この世のありとあらゆる命を創造された、尊《たっと》い神に呼びかけるとき、村長だけが響かせることのできる声。

今はそれが、イコに向けられている。

「かつて分かたれた知と勇の、ここに今再び相まみえる。貴方こそ我らの剣であり、貴方こそ我らの導きである」

たまらず問いかけようとしたイコに、村長は優しく微笑んだ。

「こちらへおいで」

イコは半歩近づいた。村長は、袖にかけていたあの美しい布を、そっと広げた。布の真ん中あたりに、首を通す穴が開いている。白と深い藍色《あいいろ》と、ごくごく淡い紅《べに》の色。三色が入り交じって、複雑な模様を織りなしている。イコの目には、その模様がただの柄ではなく、古文書にあるような古代文字に見えた。

「さ、これを」

両腕を差し伸べて布を掲げ、村長は言った。

「これが貴方の御印《みしるし》である」

イコは御印に首を通した。丈はイコの腰に届かないほどだが、幅はちょうど肩幅で、背中と胸をすっぽりと覆う。

次の瞬間、イコは胸が熱くなるのを感じた。まるで——心臓の真上に、誰かの力強い掌が押しあてられたかのようだ。

ごく繊細《せんさい》な琴を鳴らすような音が、かすかに聞こえた。イコは両手を広げて自分の身体を見おろした。御印を織りなす、糸の一本一本が光っている。そこに光の血が通い、一斉に流れ始めたとでもいうかのように。端から端、柄から柄、白銀色の光が走り抜ける。

そして消えた。光が消えると同時に、胸の熱さも消えた。しかし、失くなったのではない。光も熱も、イコの身体のなかに入っていったという感じがした。

「おお、確かに」村長は目を潤ませている。

「御印も貴方をお認めになった」

オネは両手で顔を覆って泣いている。

「村長、これは……何ですか？」

イコの問いに、村長は立ち上がり、イコの両肩に優しく手を乗せて、答えた。

「ニエに着せられる御印だよ。しかし、おまえの御印は特別だ。これまで〝霧の城〟に送り込まれてきたニエたちが身につけていたものとは違う」

イコは胸のあたりをさすってみた。滑らかな手触りだ。ただ、光が消えてしまった今となっては、新品の布だというだけで、これという特色が感じられるわけではなかった。

「ここには祈りが織り込まれている」と、村長は御印を指して言った。「遥《はる》か昔、闇が我らの上に君臨していたころ、その力に対抗することのできる唯一の希望として、見出され、唱えられていた祈りの言葉だ」

「闇が君臨していたころ……？」

遥か昔の話？　闇とは何のことだ？　〝霧の城〟の主だろうか。でも、今でも〝霧の城〟は恐れられている。だからこそそのニエだ。それとも、昔、今よりももっと強い力で、〝霧の城〟が人びとを虐《しいた》げていた時代があったというのか。

「どうやら、おまえを混乱させてしまったようだ」村長は言った。「失われて久しい古《いにしえ》の叡智《えいち》について、今、語ることができる部分は、ごく限られている。わしの理解の及ばぬことがたくさん残されている。しかしな、イコ。これだけは確かに言える」

村長は、イコの肩を静かに揺すった。

「おまえは我らの希望を背負い、〝霧の城〟へ赴《おもむ》くのだ。そこで何が待ち受け、おまえが何に直面せねばならぬのか、済まぬが、わしにはわからない。だが、おまえはけっして負けぬ。そして、きっと〝霧の城〟からこの村に帰ってくる」

信じられない話だった。〝霧の城〟へ行ったニエは、〝霧の城〟に囚われて、永遠の時を過ごすのではなかったのか？

「〝霧の城〟に何があるのか、その目で見て、その耳で確かめておいで。おまえならばできる。必ずできる」

その言葉は、イコの心の底にまで響いた。村長の言葉が落ちたところから、あの地底湖で見た波紋にも似た美しい残響が、あとからあとからわき上がってくる。

オネが膝立ちのまま、身を投げ出すようにしてイコを抱くと、泣きながら言った。

「わたしは待っているわ。おまえが帰ってくるのを待っている。どんなときでも、わたしたちは待っているわ。おまえが帰ってくるのを待っている。

イコは身体を震わせた。もう寒くもなく、怖くもなかったけれど、何かが身体のなかで震え、イコを高揚《こうよう》させていた。

「この御印に織り込まれた祈りの言葉は、トトが見つけてきてくれたのだ」

「トトが？」

イコは目を見開いた。思わず村長の衣の袖をつかんだ。「トトは元気なんですか？やっぱり北の禁忌の山に行ってたんですか？」

村長は笑みを消し、厳粛な面もちでうなずいた。「おまえがわしと一緒にあの山に行き、見てきたものを、トトも見たのだ」

あの恐ろしい光景を。

「そしたら、これ――この祈りの言葉――これも、あの街から？」

村長はもう一度うなずく。イコの頭のなかに、石と化した城塞都市の光景が蘇った。トトは何処へ踏み込んだのだろう。何処を歩き、なぜこれを見つけることになったのだろう。

「トトのことでは、おまえに辛い思いをさせて、済まなかった」

村長の声は苦渋でかすれた。イコはかぶりを振った。そんなの、もういい。

「トトは元気なんですか？」

「大丈夫だ」

短い返事は、それ以上の詮索《せんさく》を禁じていた。イコはじっと村長の目を見つめ、

「僕が〝霧の城〟から帰ってきたら、トトに会えますよね？」

「会えるとも」

それなら——と、イコは口を結んだ。もう何も怖くはない。

泣き濡れた顔を袖で拭って、オネも立ち上がった。イコの決心を察し、乱れた心を懸命に鎮めているのだろう、笑顔を見せる。「さあ、イコ。それでは一度、その御印をわたしに返してちょうだいね」

村長の家で暮らしていたときには、よくこうして呼びかけられたものだった。まあ、イコったらまた泥だらけになって。早くその服を脱いでちょうだい。お食事の前に着替えなくてはいけませんよ。

「着たままでいたらいけないんですか」

村長が、まるで内緒話を共有する友達でもあるかのように——実際、ふとトトを思い出させるような茶目っ気を見せて——イコに笑いかけた。

「ニエに御印を着せるのは、神官殿の役目なのだ。出立《しゅったつ》の儀式の際にな。しかしわしもオネも、この御印がおまえのものであり、おまえが選ばれた者であり、またおまえが御印に堪《た》える者であることを、密かに確かめておきたかった。だから」

オネが後を引き取った。「だから、あなたが出立前にわたしたちと会ったことと、この御印が特別なものであることは、神官殿には内緒にしておかなくてはいけませんよ」

イコは大きくうなずいた。でも——

「村長。帝都《みやこ》の神官殿は、この特別な御印のことを知っても、村長や継母さまのように喜んだりしないんですね？　だから隠しておかなくちゃならないのですね？」

返事の代わりに、村長はこう言った。「おまえは賢い。その賢さが〝知〟だ。どうか、かつてそこから分かたれた〝勇〟を見出し、我らに再びの光を与えておくれ」

8

轡《くつわ》を前後する三頭の黒い馬。乾いた草を踏みしめる。

その身を帝都《みやこ》の神兵《しんぺい》二人に守られ、神官はトクサの村へと到着した。陽は中天に高く、澄み切った陽射しの下、草原は輝き、木々の枝はそよ風に揺れる。

トクサの村は静謐《せいひつ》のなかにあった。

村人たちはおのおの衣服を改め、戸口を掃き清め、そこにひれ伏して一行を迎えた。子供たちは、オネが御印を織り上げるまでの歌や踊りで、大人たちは絶え間ない警戒で、それぞれ疲れ切っていた。母の背に負われ、ぐっすりと眠り込んでいる幼子もいる。

長い長い辛抱がようやく終わる。神官殿が来たりて去れば、村の暮らしは元通りになる。

声を立てたり、神官殿一行に話しかけることは、堅く禁じられている。その姿を直視することも許されない。

一行は村長《むらおさ》の家の前で村長夫妻から丁重な挨拶を受けると、すぐに出立《しゅったつ》の儀式の支度にかかった。ここから先は、村長夫妻の他には、特に選ばれた狩人三人しか立ち会うことが許されぬ。他の村人たちは家に籠もり、蔀窓《しとみ》をおろして静寂を守るのみである。

神官が、長く裾を引く旅装の黒いローブを脱ぐと、その下には純白の衣があった。鞍《くら》に取り付けた革の鞄から、凝った図柄の織り出された長い袈裟《けさ》と、一瓶の聖水を取り出す。神官は祈りの言葉を唱えつつ、袈裟の肩と胸と裾の部分に一度ずつ指先を触れ、そこに聖水を振りかけると身にまとった。

美しく、あでやかでさえある出で立ちだ。しかし、もしも村の子供らが神官の姿を目にしたならば、その異様さに怯えることだろう。

頭から、すっぽりと頭巾《ずきん》をかぶっている。頭巾の裾は肩にまでかかり、目や鼻の部分にさえ穴があいていない。よくよく見れば、頭巾の素材が目の粗い布で、それをかぶったままでも神官の視界に不自由はないことがわかるが、それにしても、これでは神官の顔立ちはおろか歳も性別もわからない。

帝都の国教会に仕え、〝生贄《ニエ》の刻《とき》〟に立ち会うほどの高位の神官は、民草《たみくさ》にはけっして顔を見せないのがしきたりなのである。

神官の後ろには神兵が、左右に少し離れて付き従っている。革と鎖を組み合わせた旅装用の軽鎧《けいがい》を身に付け、腰に剣を帯び、編み上げの頑丈そうな革靴で足を固め、この二人もまた顔を隠している。こちらは頭巾ではなく、銀色の兜《かぶと》をかぶっているのだ。

その兜には角がついていた。一人の兜は、イコの頭に生えているものと、そっくり同じだ。もう一人の兜の角は、大きさと生えている位置は同じだが、向きが違っていた。先端が肩の方を向いているのだ。

国教会を守る神兵は、普段はこんな装備をしてはいない。村長も、この出で立ちは古文書のなかの絵図で見たことがあるだけだった。

〝生贄の刻〟にのみ、意味を持つ武装。

神官は腰に差した錫杖《しやくじよう》を抜くと、それを目の高さに掲げた。錫杖の先端についた丸い飾りが、陽を受けてきらきらと輝く。

村の門のすぐ内側の地に、神官は歩きながら、錫杖で円を描いた。東西南北の縁で暫時《ざんじ》足を止め、それぞれの方角におわす地の精霊の加護を願う呪文を唱えては、錫杖の先で地を軽く突く。頭巾にさえぎられ、その言葉はほとんど聞き取れない。

神官は円の中央に移動すると、両膝をついて祈り始めた。神兵たちよりもさらに後ろに下がり、最初から跪《ひざまず》いて頭《こうべ》を垂れていた村長は、すぐ隣でオネが、緊張のあまり震えているのを感じた。

村長は、丁寧《ていねい》に折り畳んで腕にかけた御印に、そっと指先を触れた。そうすると、少しは落ち着くような気がした。

神官が立ち上がり、村長の方を向いた。

「では、ニエをここに」

村長は振り返り、岩屋に続く道の端で待っていた狩人の一人に手をあげてみせた。狩人は岩屋へと駆け出した。

ほどなく、イコの姿が見えた。

前に一人、後ろに二人、狩人たちが付き添っている。三人とも収穫祭の時の正装で、それぞれに、まだ一度も獲物の血を受けたことのない弓矢を担い、剣は持たず、片手に松明《たいまつ》を掲げている。真昼の松明は、焦げ臭い煙を立ち上らせて、パチパチと音をたてていた。

イコはすでに水浴びを済ませ、こざっぱりとした衣に着替えていた。足拵《ごしら》えは、履き慣れた編み上げの革のサンダルだ。その小さな顔は白く、くちびるは真一文字に結ばれている。

「こちらに来なさい」

円の手前で足を止めたイコを、神官は呼んだ。

「私の前に。跪《ひざまず》くのだ」

イコは素直に従った。村長は、オネがうつむいたまま、一粒の涙を落とすのを見た。

神官は錫杖でイコの両肩を軽く打ち、さらに頭のてっぺんに軽く触れた。そのあいだも、ずっと呪文を唱えている。

「立ちなさい」

イコが立ち上がると、今度はその腰の両側と、左右の膝を軽く打つ。

「後ろを向きなさい」

イコはそうした。彼の顔がこちらを向いたので、村長は視線を感じた。オネが顔を上げようとして、懸命にこらえている。

イコは怯えているように見えた。村長は、心の底で懸命に励ましの言葉を繰り返した。

神官はもう一度、イコの両肩を打ち、背中の中央に錫杖で触れた。

「もう一度こちらを向き、跪きなさい」

神官は聖水の瓶を持ち上げ、イコの頭の上に聖水を振りかけた。さらに、左右の角の上にも同じようにした。

真新しいイコの衣に、小さな水のしみが飛び散った。

神官は聖水の瓶を神兵に渡し、両手で錫杖を水平に持った。肩の高さに持ち上げ、呪文を唱えながらそれを頭上まで差し上げる。

次の瞬間、神官が地に描いた円が、まばゆい白銀色に輝いた。まるで、銀の輪が地面から浮き出てきたようだった。

シュン——と音がして、それはすぐに消えた。

イコは目を見張っている。神官はゆっくりと腕をおろし、錫杖を縦にして、胸の前に持った。先端の飾りが光る。

「祝福は終わった。この者には確かにニエの資格がある。血は血に還り、時は巡り、人にはふさわしき道のあることを、我らが神は言祝《ことほ》いでおられる」

神官は村長に顔を向けた。頭巾に包まれたそれには、まったく表情がない。

「御印を」

村長は膝立ちになって進み、頭を低く、両腕を精一杯前に差し伸べて、神官に御印を手渡した。

神官が受け取り、それを広げる。と、わずかに首をかしげた。

村長の目の底で、耳の奥で、血がざわめいた。心臓が喉元まであがってきて、どくどくと脈打っている。

神官は御印に見入っている。

もしや、この御印が特別なものであることを、見破られたのではあるまいか。これがイコだけに与えられたものであることに、気づかれたのではあるまいか。

「ニエよ、前に出なさい」と、神官は言った。そして、広げた御印をイコに着せかけた。

御印はイコの胸と背中を覆い、彼の衣に彩りを与えた。それは彼に、とてもよく似合っていると、村長は思った。

風が通り抜け、御印の裾をふわりと持ち上げた。御印が元に戻るとき、それは自らイコの細い身体に寄り添うように見えた。

イコの黒い瞳は、またたきもせずに神官の頭巾を見上げている。神官もまた、イコを見おろしている。

「今こそ、出立の時である」神官は宣言した。

「馬を引け」

村長とオネは、手を握り合って村の門に立った。神官一行が見えなくなるまで、じっと立ちつくしていた。

「あの子は……戻ってきますね？」

オネの涙ぐんだ声が、村長の耳元で言った。

「戻るとも」

御印がイコをお守りくださる。必ず、必ず。


馬に乗るとき、神兵がイコの両手に手鎖をかけた。

「口をきいてはならぬ」と、神兵は言った。

「おまえが何か言っても、我らは答えぬ。しかしおまえは、我らの言いつけに従うのだ。〝霧の城〟までは五日の行程。そのあいだのみ、我らは旅の友となるが、もしもおまえのふるまいに怪しいところがあれば、即座に斬り捨てる。心しておけ」

はいわかりましたという返事さえ、聞いてはいないような風情だった。

イコは神官と同じ馬に乗せられた。神官が後ろで、イコが前。手綱《たづな》は神官がとっているし、手鎖が不自由なので、馬の首につかまることもできない。もしも馬が走り出したら、振り落とされてしまうかもしれない。

か。
だが、その心配はなさそうだった。神官たちはけっして馬を急がせず、並足で進んだ。互いに話をすることもなく、地図を確かめる様子もない。道を知り抜いているのか。

草原を北へ。あの日、村長と歩んだ道だ。イコの胸に、切ない思い出がこみあげた。禁忌の山をまた越えて、石と化した城塞都市をもう一度見ることになるのは、なおさら辛く悲しい。

トトはどうしているだろう。出立まで、とうとう顔を見ることはできなかった。

日暮れ前には、禁忌の山の麓《ふもと》へとたどりついた。しかし神官たちは、イコが村長と登っていった、あの細い山道へは近づかなかった。麓をしばらく西へ進み、山肌が深い森に覆われているところで足を止めた。

「近くにわき水がある。馬を休ませろ」

神官は命じて、自分は馬をおりた。イコもおろされた。一人の神兵が、馬をわき水まで連れていくあいだ、イコの手鎖の端を、もう一人の神兵がつかんでいた。

神官は森を仰ぎ、錫杖を取り出して祈りを捧げている。その手が天を突き、錫杖の先端がまばゆく輝くと、突然森の木立がわらわらと騒ぎ、一筋の道が現れた。

イコはぽかんと見惚《みと》れてしまった。

昔話に聞いたことがある。魔法の封印だ。この道は、きっと神官殿だけが通ることのできる道なのだろう。だから普段は、魔法で封じてあるのだ。

森のなかの白い道を、生き物の気配のない静けさに包まれて、ただ馬の蹄《ひづめ》の音だけを道連れに、どのくらい進んだろうか。いちばん星がまたたき始め、山道の途中の、わずかながらも開けた場所に出た。

その夜は、そこで野営した。

焚き火を囲み、足を休め、食事をつくる。神官たちは、まずイコに食べ物をくれた。手鎖ははずしてくれず、だからイコは、犬のように顔を器に近づけて食べなければならなかった。家でこんなことをしたら、継母《まんかか》さまにうんと叱られるだろう。

イコが食べ終えると、神兵が近づいてきて、イコの頭からすっぽりと袋をかぶせた。そして、足にも鎖をかけた。

「おまえはもう寝《やす》むのだ。明日は夜明け前に発つ」

袋のなかの暗闇で、イコは耳を澄ませた。風の音しか聞こえない。神官たちは、あんなに黙っていて、気詰まりではないのだろうか。

食事をするときは頭巾や兜を外さなくてはならないので、イコに目隠しをするのだろう。あの人たちは、ニエに顔を見せてはいけないのかもしれない。

時おり聞こえてくる馬の鼻息と、その温もりを枕辺に、イコは草の上で眠った。

峠道に出ることなく、禁忌の山を越えた。そこから先は、草原と緩やかな丘。三日目には川を渡った。禁忌の山を離れると、周囲に生き物たちが戻ってきた。

しかし、人家もなければ村落もない。果てしなく、自然だけが広がる旅路だった。道中の慰《なぐさ》めに、イコは馬たちに親しんだ。彼らが休んでいるときに、そっと近づいて首を撫でてやる。馬は三頭とも頑丈な身体つきで、疲れを見せずに淡々と歩いた。トクサの村で移動や農耕のために飼っていた馬たちよりも、気質がおとなしいようだった。

二人の神兵のうち、一人は、イコがそうやって馬を撫でたり話しかけたりしているのを、咎《とが》めずに見逃してくれた。兜の角が上を向いている方の人だ。もう一人の方は、気がつくとすぐに飛んできて、乱暴にイコを引き離した。一度など、あまり強く押しやられたので、イコは尻餅をついてしまった。

神官は、一緒に馬に乗っているときでも、馬を下りて歩いたり休んだりしているときでも、イコに対してどんな所作も見せなかった。こちらに目を向けることさえないようだ。

頭巾と長い袖と編み上げ靴のせいで、肌もほとんど見えない。ときどきイコは、あのローブの下には、本当に人間がいるのだろうかと思った。

四日目の道中で、空気のなかに、森や山や草原とは違う匂いを感じた。今までかいだことのない匂いだ。イコは、思わず鼻をくんくんさせた。と、たまたますぐ隣に、角が上を向いている兜の神兵が馬を並べていて、「潮の匂いだ」と教えてくれた。

途端に、後ろに乗っている神官の身体が強ばるのが感じられた。神兵がイコに話しかけたから、咎めているのだ。隣の神兵は、ひるんでぐいと顎《あご》を引いた。馬も数歩足を乱し、遅れた。

海が近い——それは、〝霧の城〟に近づいているということだ。

五日目の朝、緩やかに登ったり下ったりする道を、雑木林のなかを分けて進んでいるとき、頭上を飛び交う真っ白な鳥に気がついた。潮の匂いはますます濃い。あの鳥は、きっと海鳥だろう。トトにも見せてあげたいな。

やがて風の音が聞こえてきた。風だと、最初は思った。でも、雑木林は静かにたたずみ、頬に触れる空気にはかすかな乱れもない。

そうか、これは海の音なのだ——

ざわざわと、寄せては返す。

きつい登り道にかかった。馬たちはぶるるといななく。周囲を取り囲んでいる雑木林が、この道の登り切ったところで開けている。

空が見える。潮騒《しおさい》が高まる。

「おお」と、神兵が兜の奥で小さく感嘆した。

第二章
霧の城

1

森の出口だ。

あたりでは小鳥たちが陽気にさえずり、それを追う猛禽《もうきん》のひときわ高い鳴き声が、頭上高く横切ってゆく。

緑にきらめく木々の葉のなかに、古びた一対の石柱が立っている。ただ踏みならされただけの土の道はそこで途切れている。明らかに、この柱は、何か石造りの建造物の一部のように思われた。

数段の石段を登ると、その先にはぽっかりと明るい空間が開け、微風が吹き込んでくる。

先頭の神兵が馬を急がせ、蹄《ひづめ》が敷石にあたって硬い音をたてた。あるところは緑が欠け、あるところは苔《こけ》に覆われてはいるけれど、しかしそれが人の手で敷き詰められたものであることに疑いはなかった。

神官とイコを乗せた馬が、後に続いた。馬具が鳴り、馬の首筋が汗で光る。

もう一度、神兵の一人が何か小声で感嘆した。三頭の馬は、森のなかに出現した石造りの舞台に、轡《くつわ》を並べて立ち止まった。

　イコはまぶしさに目を細めた。目眩《めまい》を誘うほどに高い断崖の縁に立っているのだった。

断崖だった。イコたちは、足元、遥か下方に広がっている。生まれて初めて目にする海だ。

陽光に輝く海は、足元、遥か下方に広がっている。生まれて初めて目にする海だ。

しかしイコの瞳には、緩やかな潮の流れも、断崖を洗う波頭の白いきらめきも、何ひとつ映ってはいなかった。崖の対岸に広がる光景。それだけに心を奪われていた。

　褪《あ》せた土煉瓦《つちれんが》色の巨大な城。切り出したままの石を積み上げたような荒々しい造形が、蒼水晶色《あおずいしょういろ》の空を切り取って、どっしりと視界を占めている。左右に長々と伸びる外塀は、そこだけ唯一、優美な曲線を描く石の土台柱に支えられ、寄せる波が足元を洗うのにまかせている。

　断崖絶壁に面していながら、いささかの華奢《かしゃ》な趣《おもむき》もない。それはあたかも、かつてはこの断崖の一部だった巨大な岩壁を彫り抜いて造りあげられたものであるかのように見えた。あるいは自然の気まぐれな造形力が、たまさか、この場に人の造り得る城の形に似たものを彫りあげてしまったのだというかのようにも見えた。

　これこそが〝霧の城〟だった。

　イコがこれまで、夜は夢、昼はうつつに想像を巡らせてきた〝霧の城〟の姿と、これほどかけ離れたものはなかった。もちろん、晴れ上がった空のせいもあるだろう。鳴き交わす鳥の声の愉しさもあるだろう。しかし、ここには微塵《みじん》の陰鬱《いんうつ》もなく、恐怖の色もなく、これを仰ぎ見る者が感じる畏怖《いふ》のなかに、不吉な影はかけらさえ射していない。

それほどに、雄々しく美しかった。ただよう古《いにしえ》の香りは、気品にさえ通じていた。

神兵の一人――この短い旅を通し、イコに親切だった、角が上向きの兜《かぶと》をかぶった神兵が、ため息のような声をもらした。

「ここか……」

そのとき、神官とイコを乗せた馬が、ぶるるといなないて前脚を上げた。イコははっとして我にかえった。強い海風に、胸と背中を覆う御印《みしるし》がはためいている。

彼方の城の正面に、堂々たる石造りの城門が見える。今、それは手前に向けて、いっぱいに開け放たれている。

しかし、そこに渡るすべはなかった。

ここにいたって、イコはようやく気がついた。今自分たちが立っているこの石造りの舞台は、対岸の城門へ渡る橋の一部であったのだ。馬が三頭並んでも楽に渡ることのできる、幅広の大きな石橋だ。しかし、目の先、ほんの数歩分を進んだところで、すっぱりと途切れている。片手をひさしに陽射しを遮り、対岸をすかし見ると、〝霧の城〟の城門のところでも、同じように橋が切れていた。

ここに入ってはならぬ。

ここを出ることも許されぬ。

断ち切られて宙に浮いた橋は、言葉ではなく造形で、イコにそれを伝えてきた。対《たい》峙《じ》する二つの断崖のあいだに横たわる海こそが、他のどんなものよりも確実で厳しい番兵役を果たしているのだ。

そう思ったとき、ここに着いて初めて、イコはこの光景の美しさのなかに、打ち消しようのない不安なものを感じた。そしてようやく、この晴天にもかかわらず、雄大な城の全景に、うっすらと白い霧がかかっていることにも気がついた。

「崖下へ降りるのだ」

頭巾《ずきん》の奥から、神官がそう言った。言葉と同時に、手綱を取って馬の頭を崖の左手の方へと向けた。そちらに、つづら折の急な崖道が切り開かれている。

三頭の馬は、一列になってその道を下った。土を踏み固めただけの素朴な道で、手すりもない。角々では足を踏み外してしまいかねないほどの狭さだ。しかし、神官の手綱さばきは落ち着き払っていた。

馬上でイコは首をよじり、ずっと〝霧の城〟を仰いでいた。目を離すことができなかったのだ。

おまえはここにやって来た。

とうとう、ここにやって来た。

何かが心の奥で騒いでいた。

城の正面が頭上へと遠ざかり、海面が近づいてくると、白い海鳥が岩場を飛び、波が渦巻いているのが見える。

崖下にはまた小さな石造りの室《むろ》があり、細い石柱で支えられた屋根があった。日陰になったせいか、空気が急に冷たくなった。岩場から跳ね飛ぶ波しぶきが、イコの腕にあたって冷たい感触を残す。

一同は馬を下りた。室は船着き場であった。一艘《いっそう》の小舟が陸に引き上げてある。二人の神兵が小舟を引き出し、磯から引き入れられた水路へと浮かべる作業をしているあいだ、神官はこちらに背を向けて、岩場にたたずんでいた。イコは耳を澄ました。神官が、潮の音にまぎれてしまいそうなほど小さな声で、祈りを唱えているのが聞こえたような気がしたからである。

用意ができると、四人は船に乗り込んだ。イコが小舟の船べりに近づくと、手鎖をかけられたままで不自由だろうと察したのか、先に乗り込んでいたあの神兵が手を差しのべてくれた。しかしそれよりも前に、イコはぽんと飛んで小舟に乗り込んでいた。ちゃんと小舟の中央に向けて飛んだので、華奢《きゃしゃ》な船体はちっとも揺れなかった。

兜の奥で、神兵がちらりと笑ったように、イコは感じた。トクサの村で、イコが飛んだり跳ねたりすると、オネたちがよくそうしたように。まあ、身軽で元気な子だね、と。

しかし、兜の奥にあったかもしれないその表情は、瞬時に消えた。親切な神兵は、小舟の艫《とも》でイコに背中を向けた。今度は、その背が詫びるように丸まるのを、イコは見た。

小舟を漕ぐのは、もう一人の神兵の仕事だった。舳先《へさき》には神官が乗った。腹の羽毛が真っ白で、くちばしの赤い海鳥が海面を滑空し、イコたちの小舟を目がけて飛んできて、あやういところで神官の頭巾をかすめて飛び去った。それでも、神官は身動きひとつしない。

イコは小舟の縁から両手を伸ばし、海の水に触れてみた。澄んだ水に魚影が見えた。

潮の流れを横切り、小舟はゆっくりと進んだ。船着き場を離れるとすぐに、イコはうんと仰向けになって〝霧の城〟を見上げた。外塀を支える石の柱の、滑らかなカーヴが空を区切っている。小舟が城の左手の方へと漕ぎ進んでゆくと、正面からでは見えなかった、別の柱や側面が見えてきた。〝霧の城〟は、どうやら、ひとかたまりの巨大な建物があるだけではなく、いくつかの棟にも分かれているようだ。断崖の裂け目を越えて、棟と棟とをつなぐ心細い石の通路や、太い赤銅色《しやくどういろ》の導管が何本も空を横切っている。しかし〝霧の城〟はあまりにも巨大であり、イコの小さな頭では、その全景を想像することは難しかった。

小舟が〝霧の城〟の海面に落とす影のなかに入ってしまう直前、城門のあたりで何かが光ったように、イコは思った。そういえば、左右の城門の柱の上に、大きな丸い珠《たま》があったような気がする。あれが陽を受けたのかもしれない。

対岸に近づくと、小舟はさらに左へと進み、〝霧の城〟の脇腹へ回り込んでいった。そこまでゆくと、〝霧の城〟とそれの建っている断崖とは、ますます見分けがつけにくくなってきた。

〝霧の城〟がこの地と一体化しつつあるのか。それとも、この崖が〝霧の城〟を呑み込みつつあるのか。

永い永い昼と夜の繰り返しのうちに。

「あの洞窟に入るのだ」

舳先の神官が、右手をあげて指さした。確かに、前方の岩肌に、洞窟がぽっかりと口を開けている。自然にできたものだろうが、周囲を石柱で補強してある。小舟の舳先はそちらに向いた。

洞窟に漕ぎ入ると、視界が暗くなるのと同時に、あたりは急に静かになった。潮の騒ぐ音が遠のいたのだ。まるで誰かに聞き咎《とが》められるのを恐れるかのように、小舟は粛々《しゅくしゅく》と進んでゆく。

太い木を格子に組み合わせた柵《さく》が、行く手を遮《さえぎ》っていた。神官は右手の岩場を見上げると、兜の角が下を向いている方の神兵に呼びかけた。

「あの上に、柵を下げる仕掛けがある」

神兵は身軽に船べりから岩場へと飛び移り、いったん姿が見えなくなった。滑るように進む小舟の舳先が柵にぶつかりそうになったころ、重々しく軋《きし》りながら、ゆるゆると柵が下がって路《みち》を開けた。

小舟が柵のあったところを抜けると、さっきの神兵が岩場の上に戻ってきて、どすんと舟のなかに飛び降りた。

やがて、対岸にあったのと同じような、小さな木の桟橋《さんばし》が見えてきた。朽ちかけて傾いているところまでよく似ている。

小舟が着くと、神官は先に下りた。神兵がイコの背中を押した。

そこも洞窟だったが、天井はずっと高く、奥行きもありそうだった。船着き場の先で、砂地の道が左右に分かれている。

「剣を」と、神官が言った。

うなずいて、角が下を向いた兜の神兵が、洞窟の右手奥の方へと歩み去った。そこには石造りの通路があり、岩場の奥へと続いている。

イコがまわりを見回していると、神官の手がイコの肩を軽く突き、左の道へ進むようにと促した。歩き出すと、湿った砂が、イコの履いている革のサンダルの下で、きゅっきゅっと愛嬌《あいきょう》のある音をたてた。今では、イコの耳に入るのはその音だけだった。

少し歩くと、洞窟の壁が、ゲートのように丸く抜けているところに出た。そこをくぐると、急に道が平らになった。もう岩場ではない。切り出されて磨かれた石が敷かれた通路に立っていた。

イコは目を見開いて、その場でぐるりと廻りながら、頭上を仰いだ。

こんな造りの部屋を、イコは生まれて初めて見た。吹き抜けのある大広間――とでも言えばいいのかもしれない。全体に円筒形で、天井が高い。見上げていると首筋が痛くなるほどだ。

その円筒形の内周には、充分に人が歩くことのできそうな幅の歩路が造られている。ところどころに梯子《はしご》も見える。たぶん、ぐるぐると内周を巡りながら、てっぺんまで登ることができるのだろう。ただ、よくよく見ると、何ヵ所か足場が崩れ落ちているところにも気がついた。完全に歩路が切れてしまっているところもあった。

この円筒形の広間の中央に、床から天井までど真ん中を貫いて、やはり円筒形の太い石柱のようなものが立っていた。いや、柱というには太すぎるか。いずれにしろ、この建造物が広間の天井を支えているわけではなさそうだ。何か別の機能がありそうだった。

今イコが立っている平らな通路は、この風変わりな筒状の建造物に突き当たって終わっていた。そしてそこには、大人の背丈よりやや高いくらいの、一対の石像が据えられていた。四角い石像だが、人の形を模したもののようにも見える。頭にあたる部分には目が描かれている。少なくとも、イコにはそれが目のように見えた。

トクサの村のどんな祭礼でも、こんな石像を飾ることはない。街道のあちこちに据えられた旅の神の像ならば、形はちょっとこれに似ているけれど、もっとずっと小さいはずだ。

神官はゆっくりとその石像に歩み寄り、その傍らで、足を止めた。角が上を向いた兜の神兵は、そこからやや離れて、イコのすぐ脇に立っていた。

「寒くはないか」

神官の耳に入ることを恐れているのか、呼気にまぎれてしまうような小さな声で、神兵はイコにそう尋ねた。

イコはかぶりを振った。神兵はもう何も言わなかったが、手振りで（俺は寒い）と示し、軽く腕をさすっている。

あるいは、（俺は怖い）という身振りだったのかもしれない。本当はイコにも、「怖くはないか」と尋ねたかったのかもしれない。

重たげな足音が聞こえてきた。船着き場で別れたもう一人の神兵が戻ってきたのだ。

イコは驚いた。

神兵は、巨大な剣を両手で捧げ持っていた。足音が引きずるように重くなったのも、無理のないことだった。その剣は、床に立ててみれば、彼の肩口にまで達しそうだ。鞘《さや》に収められた両刃の剣で、柄《つか》のところに鎖がついている。握りはイコの手首ほどの太さがあった。すっかり艶《つや》の失せた銀色で、相当古いものであるようだ。

神官が進み出て、神兵を手招きした。そしてイコの肩に手を置いて引き寄せると、自分の前に立たせた。

剣を持った神兵は、ためらうように神官の方を見た。神官はうなずき、手振りで彼に、あの一対の石像の前へ立つようにと示した。神兵は何歩か前に出た。そして今度は、自分の同僚であるもう一人の神兵の方を見た。どちらの神兵の顔も兜の奥に隠されている。でもイコには、二人の表情が見えるような気がした。ひどく怯えている。

「剣を抜くのだ」と、神官が命じた。「恐れることはない」

神兵は、剣を水平に捧げたまま、右手で柄を握った。その重さに耐えかねて、腕がぶるぶると震えている。

神兵の右手が動いた。これほどに古びた外見にもかかわらず、剣は、日々怠《おこた》りなく手入れされている兵士の剣と同じように、音もなくするりと鞘から離れた。

その瞬間、眩《まばゆ》い光が迸《ほとばし》った。

とっさに、イコは目をつぶり、手をあげて顔を覆った。それでもその光は、つぶったまぶたの隅々までも、白く明るく照らし出した。

おそるおそる目を開けてみる。神兵は、両足を踏ん張り肩に力を込めて剣を捧げ持っていた。今やその身体全体が、剣から放たれる光に包み込まれている。光はどんどん広がって、イコや神官たちをも包み込む。

いや、光は剣からのみ迸り、放たれているわけではなかった。あの一対の石像も輝いている！　剣の放つ光に呼応して、よりいっそう強く——そして石像が——並んだ石像の端から端へと光が走り——

突然、音をたてて左右に分かれた。そこに通路が現れた。すると同時に、光も消えた。

「剣を収めよ」と神官が命じた。剣を持った神兵は、光を失うと、たちまち古びた銀色に戻ってしまった剣に目を落とし、呆然としているようだ。

神官はもう一度、彼を促した。神兵は狼狽《ろうばい》し、にわかに恭《うやうや》しい手つきになって、剣を鞘のなかへと収めた。

「行こう」

神官が先に立ち、石像のあいだを通り抜けた。イコは彼の後に続きながら、通りしなに、そっと指先で石像に触れてみた。冷たかった。あの眩い光はどこから来たのだ？　この石像には、魔法か呪文で光が封じ込められているのだろうか。

近くでよく見ると、石像の腹のあたりがくぼんでいて、そこには、昔話に出てくる小鬼の姿が浮き彫りになっていた。

四人が歩み入った小部屋も、やはり円い形をしていた。部屋の中央に、鋼《はがね》と銅で作られた、見慣れない仕掛けが据えられている。その仕掛けから放射状に、床の上へと、やはり鋼の板が設置されている。

神官が剣を持っていない方の神兵に何か命じ、神兵が部屋の仕掛けに手をかけた。取っ手のようなものを動かすと、仕掛けが回転し、がくんと音がして、床が持ち上がり始めた。

上昇している。イコは尻餅をつきそうになった。部屋の床が、上へ上へと動いているのだ。そおっと壁に触れると、指先が壁にこすれる感触があった。ごおん、ごおんという音。足の裏から伝わってくる振動。確かに昇っている。

なんて便利なんだろう。これならば、怪我人でも年寄りでも、階段や坂道をのぼりおりしなくてもいい。〝霧の城〟には、こんな進んだ仕掛けがあるのか。

「凄いや」と、声に出して呟いてしまった。

取っ手を動かした、あの親切な神兵が、同感を示してうなずいた。神官はそっぽを向いている。剣を持った神兵は、切っ先を床につけて、両手で柄《つか》を支えている。その様子は、しっかり押さえておかないと、剣が勝手に動き出すのではないかと恐れているようにも見えた。

ごおんという音が止まった。

そこにはまた、下で見たのと同じ、一対の石像があった。今度は神官がうなずいただけで、神兵が進み出て剣を抜き放った。再び眩い光が走り、石像は道をあけた。神官がするりと通り抜けて出てゆく。衣の裾が、ひらりと浮いた。

人気《ひとけ》はない。どんな生き物の気配もない。聞こえるのは自分たちの足音と、神兵たちの武具が鳴る音だけだ。

最初は、とても狭くて天井の低い場所に出てしまったのだと思った。が、神官に従って歩き始めると、すぐにそれは間違いだとわかった。狭く見えたのは、イコたちがあの動く床に乗って着いた地点が、この広間の中央にかかる、大きな階段の真下にあたっていたからだった。

そう、そこは広大な広間だった。イコは深く息を吸い込み、震えるような感嘆のため息と共に吐き出した。

トクサの村中の人たちを集めて、ここで祭りをすることができるだろう。床に敷き詰められた四角い石の数は、村の物見櫓《やぐら》から仰ぐ夜空の星の数にも劣らぬだろう。この高い天井に届くほど、強い矢を射ることができる狩人は、トクサの村にはいないかもしれない。

でも……ここはいったい、何をするための広間なのだ？

壁一面に、頑丈な石造りの枠が設けられている。そのひとつひとつに、風変わりな丸い形の、棺《ひつぎ》のようなものが納められている。

うん、そうだ。いいや、ようなものじゃなくて、これはホントに石棺《せっかん》だ。先に立って、回廊状の階段をのぼり、広間の中央へと進んでゆく神官の後をゆっくりと追いながら、イコはオネから聞いた昔話を思い出していた。あのお話に出てくる、悪い精霊を封じ込めるために、大陸中の魔導士が集まってこしらえたという石棺に、これはみんな、そっくりだ。

その昔話の悪い精霊は、天と地の狭間《はざま》の虚《うつろ》から生まれた。虚の精だから魂を持たない。それが悔しくて、人の子をさらっては魂を抜き、自分の空っぽの胸のなかにしまおうとしては失敗し、地団駄《じだんだ》踏んでいるうちに、空っぽの胸のなかに悪魔をつくりあげてしまったというお話。

自分がつくった悪魔なのに、虚の精霊は悪魔に勝てず、悪魔の言うなりに、悪いことばかりをするようになってしまった。驚いた創世の神は、虚の精霊に魂を与えてやる。そうすれば、おとなしくなると思ったのだ。でも、精霊の胸に生まれた悪魔は、もらった魂をもらったそばから食い尽くしてしまい、だから、神がいくつ魂を与えても、虚の精霊は満たされることがない。それどころか、かえって飢えがつのるのだった。

創世の神は大いに困り、とうとう、地に散らばっている賢いヒトの魔導士たちを集めて、虚の精霊を悪魔ごと封じ込める石棺を造るようにと頼むのだった。虚の精霊に子供たちを捕られた、その悲しみと怒りを以て、人の手で封じること。それしかもう方法はない、と。

そうして造りあげられた石棺は、歪んだ卵のような形をしていた。そしてその全面に、浄化《じょうか》と慰霊《いれい》の言葉が刻まれていた。魔導士たちが呪文を唱え、刻まれた言葉に力を与えると、石棺は光り輝き始めた。そして、虚の精霊を吸い寄せて、封じ込めることに成功したのだった。

今、イコの目の前に、見渡す限りずらりと並べられている石棺にも、やっぱり文字と絵柄が刻み込まれていた。イコはふと胸元に手をあて、御印《みしるし》に触れた。御印に織り込まれた古代文字と、石棺を彩る文字と絵柄。似ているところはないだろうか。

どちらも、イコには読むことができない。石棺の絵柄は、人の形を模しているようにも見える。いずれにしろ、あれにもきっと意味があるのだ。

では、どんな意味が？

お話のなかでは、それは浄化と慰霊だった。

それとも、悪を封じるという意味？

（これが貴方の御印である）

この御印を着せかけて、村長《むらおさ》はそう言った。イコに、「おまえ」ではなく「貴方」と呼びかけて。

（御印も貴方をお認めになった）

その目に希望の光を宿して。

それなのに、ここで御印を思わせる絵柄の石棺を仰いで、思い出されるのは不吉な昔話ばかりだ。

イコは御印の胸元を、そっとつかんだ。


イコがたくさんの石棺を観察することに夢中になっているうちに、神官と二人の神兵は、壁際にまで進んでいた。彼らは、三人並んで足を止め、あるひとつの石棺を仰いでいた。

「あれだ」

壁に仕切られた四角い升目《ますめ》のなかに納められた、数え切れないほどの石棺。そのなかのひとつを、神官は指さした。

その石棺は、薄青く、また薄赤く、生き物のように脈動しながら、どくん、どくんと光っていた。

神官が指を組み合わせ、定められた祈り、〝生贄《ニエ》の刻《とき》〟にここを訪れたこのときだけ、唱えるためにつくられた祈りを捧げると、石棺は重々しい音をたて、台座ごとするすると前へ滑り出てきた。

神兵たちは、思わず半歩後ずさりした。彼らの兜《かぶと》の角がぶつかって、鈍い音をたてる。

石棺の蓋が、ゆっくりと開いた。

「生贄をここへ」

神官の声に、二人の神兵は、はっと身じろいで互いの顔を見た。兜の奥に隠されて、もちろん表情はわからない。だが、互いに臆して譲り合う気持ちは通じ合った。

「おまえが連れてくるのだ」

神官が、剣を持っていない方——兜の角が上を向いている神兵に、厳しく命じた。

剣を持った神兵は、鎖帷子《くさりかたびら》に包まれた同僚の肩が、わずかに落ちるのを見た。彼が身体の向きを変え、ニエの子の方へと歩き出すとき、踵《かかと》を引きずっていることにも気づいた。

彼らは二人、この聖なる〝生贄の刻〟の守護として選ばれ、その任務を果たせば、神兵としては至高の域に到達することになるはずだった。無事帝都《みやこ》に帰れば、さらに一階級の昇進は間違いない。

それでなくても、帝都の神兵の身分は高い。神兵。それは、神の戦士であり魂の防《もり》人《びと》であると認められた者にしか与えられない聖なる役職。現実の暮らしのなかでも、彼らが身にまとう権威は——神官の権威を後ろに背負っているからこそそのものではあるにしろ——木《こ》っ端《ぱ》役人など足元にも寄せ付けないほどの強力なものがある。

二人の神兵は、いずれも厳しい試練を経て、今の身分を得た。彼らの国家への忠誠と、天地を創り賜《たま》い人に魂を与え賜《たも》うた創世の神への信仰には、針の先ほどの隙もない。

しかし、それでもなお、人の親、人の子である彼らにとって、目の前にいる無邪気で元気な子供を生贄とする任務は、肩に重く心に辛いものであった。

帝都を出立《しゅったつ》する前に、神官からは説示を受けていた。〝霧の城〟は、我ら神官神兵に、非情を求めてはおらぬ。我らがニエの子を哀れみ、その子と別れの悲しみを分かち合うこともまた、〝霧の城〟の望む〝生贄の刻〟のあり方なのだと。〝霧の城〟はニエの子を喰らうだけでなく、その子を捧げる我らの心の傷《いた》みをも等しく喰らわねば、けっして満足することはないのだと。

だから悲しんでもいいのだ。嘆いてもいいのだ。怒ってもいいのだ。

ただし、逃げ出すことだけは許されぬ。

神兵はイコに近づき、その肩に触れた。ニエの子は、何に感嘆していたのか、心ここにあらぬ風情で振り返った。

神兵は、この子の手を引き、背を押して連れて行くことはできないと思った。彼には、このニエの子と同じくらいの歳の子供がいるのだった。この道中、ふとした拍子に、ニエの子の手鎖を見てしまうと、それだけで彼の心はじくじくと血を流して傷んだ。もしも我が子がこんな目に遭わされたらと、思うだけで胸が張り裂けた。

しかし生贄を捧げなければ、〝霧の城〟の怒りは解けぬ。〝霧の城〟がその憤怒《ふんぬ》を迸《ほとばし》らせれば、人の世に未来はない。

善良なる我らが創世の神は、その善良なるが故に万能ではない。邪神に荷担し、冥《めい》府《ふ》で結ばれし盟約《めいやく》を以てその力を借り、地上の平和に仇をなすものは、創世の神のまった き敵。これと戦い、平らげるには、人もまた血を流し、犠牲を供して、我らが神に味方するしか術《すべ》はない。

すまない——という呟きを、彼は心の奥底に押し込めた。

「俺につかまれ」

神兵はイコに手を差し伸べて、そう言った。兜の奥で、彼の目に涙がにじんでいることを、悟られないようにと祈りながら。

イコが素直に言われた通りにすると、神兵は軽々と彼を抱き上げた。そして重い足取りのまま、何かを待ち受け、期待に喉を鳴らしているかのように、どくん、どくんと底光りを繰り返す石棺の方へと運んでいった。

2

「我らを恨むでない。すべては村のためなのだ」

石棺の蓋《ふた》を閉じるとき、神官がそう言った。彼がイコに投げかけた、最初で最後の言葉である。

詫びてはいなかった。厳《いか》めしくもなかった。頭巾《ずきん》の奥から聞こえてきたその言葉は、あくまでも淡々と冷えていた。

村のため――

それは嘘だ。トクサの村だけのためじゃない。イコはあの石と化した城塞都市の風景を思い出しながら、心のなかで呟いた。そしてようやく、わずかながら怒りを感じた。〝生贄の刻〟というしきたりのすべてを、トクサの村のせいにするなんて、ずるいじゃないか。

石棺の内部は広く、座っていれば、天井に頭がつっかえることはない。ただ、両手首は、石棺の奥に取り付けられた木枠に固定されてしまっている。おかげで、イコは石棺の前部に背中を向けて、うずくまるような格好をせざるを得なくなっていた。これは罪人を晒《さら》すときと同じ仕掛けだ。ニエは罪人じゃないはずなのに。

石棺の前部には小さな窓が開いていたが、そちらを振り向くためには、うんと首をよじらなければならず、すぐに苦しくなってしまう。イコは、遠ざかってゆく神官たちの足音を、背中で聞いた。

ややあって、ごおんという音が聞こえた。神官たちがあの円筒に乗り込み、床が下がってゆくのだ。行ってしまう。イコ独りをここに残して。

広間に静けさが戻ってきた。

〝霧の城〟の静寂《せいじゃく》。長い年月、この城を支配してきた沈黙。

ことりことりと、イコの心臓が鳴った。イコはゆるゆると息をした。ずいぶん長いこと、独りでそうやって、静かに息を整えていた。

何も起こらなかった。

このまま、ずうっとここでこうしているのだろうか。石棺に閉じこめられ、飢えと渇きで死ぬことが、生贄に課せられた使命だというのだろうか。

イコは村長の顔を思い浮かべた。オネの声を思い出した。わたしたちは、おまえが帰ってくるのを待っている。

でも……どうやって?

そのとき、身体が感じた。小鳥の羽毛の震えにも似た、ごくかすかな振動を。

石棺が揺れている。

最初は気のせいかと思った。今朝、旅の携帯食糧をもらって以降、何も食べていない。こんなにも気が張りつめていなかったら、とっくに空腹でお腹《なか》がぐうぐう鳴っていただろう。だから、あまりにもお腹が減りすぎてめまいがしたのかと、とっさにそう思ったのだ。

でも、それは勘違いだった。イコがふらついているのではなく、本当に石棺が揺れているのだ。

揺れは上下左右、どんどん激しくなってゆく。両手を木枠に囚われたまま、イコは両足を踏ん張って恐怖をこらえた。振動が強くなるにつれ、低い轟音《ごうおん》も高まって、イコの耳をいっぱいに満たした。揺れているのは石棺だけでなく、この広間全体だ。広大な空間が身震いをして呻《うめ》いている。

そのとき、前後の揺れが、石棺の耐える限界を超えた。手首をいましめていた木枠が音をたてて外れた。神官たちがイコをここに閉じこめたときの手順を、そっくりそのまま逆戻りして、石棺は壁の枠から吐き出されるように飛び出し、蓋がはじけ飛んだ。イコは宙へと放り出された。身体が浮き、視界がくるりと廻り、次の瞬間には、冷たい石張りの床に叩きつけられていた。右の角がしたたか床にぶつかり、甲高《かんだか》く乾いたコツンという音をたて、それから、すべてが真っ暗になった。

雨の音が聞こえる。

ざあざあと降りしきっている。

イコは高い塔を昇っていた。目も眩《くら》むほどに頭上高くそびえる、中空《ちゅうくう》の塔だ。地階からでは、天井は暗い影になってしまってよく見えない。

内周を巡る螺旋《らせん》階段は、塔そのものと同じく、古びて朽ちかけていた。螺旋階段にはイコの目の高さほどの手すりがついており、槍《やり》の穂先《ほさき》のように尖った返しが、ぐるりとその縁を飾っている。

雷鳴が轟《とどろ》いて、イコは身をすくめた。何時《いつ》の間にか外は夜になり、嵐に包まれていたのだ。

塔の高さの半分ほどまで昇ると、息が切れてきた。寒い。目の先の壁には窓が開いていて、ぼろぼろになった日除けの布が、強い風にはためいている。そこから吹き込む風の冷たさと、石壁の放つ冷気が、イコの身体を芯まで冷やしてしまう。

稲妻が閃《ひらめ》き、イコの目を射た。でもそのとき、一瞬の光が視界を照らし、イコは塔の内周のてっぺんに、何かがあることに気づいた。

用心深く壁に手をついたまま、目をこらし、見つめてみる。あれは——なんだ？

鳥籠《とりかご》だ。何て大きな鳥籠だろう。塔の天井から吊り下げられているのだ。

イコは急ぎ足でまた螺旋階段を登り始めた。あと二、三周すれば、あの鳥籠と目の高さが同じくらいになる。

近づけば近づくほど、鳥籠は異様だった。トクサの村では、卵を採るために飼っている鶏たちは放し飼いだが、魔物を祓《はら》う声を持っているという夜鳴き鳥や、祝儀《しゅうぎ》に祭壇に供《そな》えて歌声を待ち、その鳴く音色で吉凶を占うために捕まえてくる風羽鳥《かざはねとり》は、草木の蔓《つる》と柳の若木の枝でこしらえた綺麗《きれい》な籠に、大事に大事に収めて飼う。籠の細工が美しいので、それだけでも飾って目を愉しませることができるほどだ。

だが、この塔のてっぺんから吊り下げられている鳥籠は、そんな華奢《きゃしゃ》な代物ではなかった。鉄《くろがね》で作られているらしく、どっしりと重そうだ。円形の底の部分の差し渡しは、イコの身の丈より長いだろう。格子は太く頑丈そうで、隙間は掌の幅にも満たない。明らかに、鳥よりもはるかに大きなものを閉じこめるための籠だ。

外周の底にはぐるりと棘《とげ》がつけられている。これは、籠のなかのものが逃げないように閉じこめておくためではなく、むしろ、なかのものを逃がそうと試みるものを排除するための拵《こしら》えのように思われた。

鳥籠はゆっくりと揺れている。強い風のせいだ。イコはどんどん走って登った。もう少しで、鳥籠の内部に目が届くほどの高さまで登れるだろう。それにしてもごつい鳥籠だ。ぶら下げている鎖の太いこと。僕の手首ぐらいありそうじゃないか。

と、そのとき、鳥籠から何かが滴《したた》り落ちたことに気づいた。足を止め、螺旋階段の際ににじり寄ってみる。水――水滴だろうか？　ぽとり、ぽとり。またぽとり。遥《はる》か目の下の地階まで。滴り落ちて輪を作る。真っ黒な輪だ。ただの水じゃない。影を溶かし込んだような、漆黒《しっこく》の滴りだ。

それが鳥籠の底から染み出している。きっと、なかに何か入っているのだ。

トクサの村の狩人たちが、仕留めた獲物を鞍《くら》につけて帰ってくると、馬の足元に血が滴る。その様を、イコは思い出した。あの鳥籠のなかには生き物がいるのだ。どんな生き物であるにしろ、それが真っ黒な血を滴らせているのに違いない。

雷鳴が轟いた。まるで、イコにそれ以上昇るな、詮索《せんさく》をするな、立ち去れと叱りつけるかのように。

それでもイコは昇って行った。鳥籠の底が目の高さになる。のぞきこむ。おや、なかは空のようだ。何も入ってない。だって何も見えない――

いや、何かが動いた。暗くてよくわからないけれど、確かに動いた。

人だ。あれは人の頭じゃないか？

イコは立ち止まった。それと同時に、鳥籠のなかでうずくまっていた黒い影が、するりと半身を起こしてこちらを向いた。

ほっそりと、すんなりと、しなやかな人の影。満月の夜、足元に落ちる人の影。薄闇のなかでその輪郭《りんかく》はぼやけ、しかし音もなく動いている。首と肩の美しい線が、おぼろに見える。

込み上がってきた悲鳴を嚙み殺しながら、イコは壁際に後ずさった。背中と肩が、べったりと壁にくっついた。黒い影には目鼻がなく、本当にこちらを向いているのかどうかさえ定かでない。それでもイコは視線を感じた。稲妻と雷鳴。さしかけた強い光に、鳥籠のなかの影が浮き上がる。目の迷いではない。イコは見ている、黒い影を。黒い影も、イコを見ている。

籠の底から滴り落ちるは、この黒い影が流している黒い生き血。

目の前のものに気をとられて、イコは知らなかった。自分が強く背中を押しあてているその壁に、ぽつりと黒い染みが浮き出たことを。それはイコの左の指先から始まり、みるみるうちに広がって、イコの身体全体を包み込むほど大きくなった。

この冷たさ。はっと身じろいだがもう遅い。壁から湧き出た漆黒の影は、流砂のごとくイコを呑み込みにかかっていた。引っ張り込まれる。吸い取られる。助けを求め、イコは空しく宙をつかんだ。鉄の鳥籠のなかの黒い影は、抗《あらが》うイコを見つめている。それの流した黒い血が、塔に吸い込まれ、壁を通ってイコに襲いかかった。それを知りつつ、どうすることもできないというように——

イコは目を見開いた。

夢だ。今のは夢だ。気を失って、夢を見ていたんだ。

イコは俯《うつぶ》せに、手足を伸ばしてぺったりと倒れていた。

しばらくのあいだ、そのまま横たわっていた。自分の身に何が起こったのか、それ以前にここは何処《どこ》なのか、体感できるほどに頭がはっきりするまでは、動くことができなかったのだ。

ここは〝霧の城〟だ——

起きあがり、座り込んだまま身体のあちこちを点検してみた。怪我はないみたいだ。立ちあがって膝を曲げ伸ばしてみた。ぴょんと跳ねる。うん、どこも痛くない。イコはいつだって、継母《まんかか》さまたちをびっくりさせるくらいに丈夫な子なのだった。

顧《かえり》みると、すぐ傍らに、壁の枠から飛び出した石棺が、まるで壊れた荷車のように、前のめりになって落ちていた。蓋と留め金の部分が壊れてしまっている。砕けた石を、イコは拾ってみた。冷たくざらついている。

石棺はもう光ってはいなかった。

何の理屈があるわけでもなかったが、ふとイコは思った。石棺が死んじゃった。でも、何でそんなふうに思うんだ？　それは——複雑な絵柄と古代文字をどくんどくんと明滅させていたときの石棺が、まるで生き物みたいに見えたからだ。うん、確かにそうだった。

石棺は大口を開けてイコを呑み込み、頭からがりがり食べようとした。でもイコは、石棺にとっては毒になる食べ物だった。だから大慌てで吐き出したのだけれど、毒にあたって壊れてしまった。

石棺にとっての毒は、〝霧の城〟にとっても毒であるはずだ。そう考えたとき、風もない広間のなかで、御印《みしるし》がふわりとそよいで持ち上がり、またイコの胸の上に落ち着いた。

イコはそれを手で押さえた。この御印は貴方のものだ。村長《むらおさ》の言葉が、再び耳に蘇る。

イコは生贄《ニエ》であるはずなのに、この角は、紛れもなくその証であるのに。

石棺は壊れ、イコを捕らえ損ねた。

その意味するところは何だ。

広間中の壁を埋め尽くす枠と、そこに納められた数え切れないほどの他の石棺は、最初に見たときと同じように、ひっそりと静まりかえっていた。イコの石棺を除けば、所定の位置から動いているものはひとつもない。

小窓からの薄明かり。気を失ってから、さほど時が経っているわけではなさそうだ。豪雨と雷鳴は、やっぱり夢のなかのものだった。

それでも、あの黒い人影の記憶は鮮明だった。あれは誰だろう？　あれこそが〝霧の城〟の城主なのか。イコの夢のなかに忍び込み、その正体をかいま見せて、イコを怯えさせようとしたのだろうか。

両の掌を筒にして、口にあて、イコは呼んでみた。「おーい」

壁に反響して、自分の声が返ってくる。

もう一度。「おーい、誰かいませんか」

相手をしてくれるのは木霊《こだま》だけだ。神官も神兵たちも、とうに立ち去ってしまった。

イコを取り囲み、見おろしている、物言わぬ石棺たち。そこに囚われ、塵《ちり》となり、〝霧の城〟の一部とされたかつてのニエたち。

そのなかで、イコは自由だ。

とりあえず、ここから出よう。〝霧の城〟から出て行こう。トクサの村では、村長と継母さまが待っている。

広間の壁のあちこちも、よく見ると崩れていた。何段にも重なった枠には、上に登れるように梯子《はしご》がかけてあるが、それもガタついていて危なっかしい。

好奇心と、もしや誰かがいないかと——思いがけず石棺から出てきてくれたり、イコの足音を聞きつけて、助けを求めてくれたりしないかという想いに急《せ》かれて、ぐるぐる空しく歩き回り、梯子にも登ってみた。

でも、やっぱり誰もいなかった。とことん独りぼっち。ただ、そうやって視点を変えて見回してみたおかげで、回廊状の階段を上っていった先の壁に、木の取っ手のようなものがあることに気がついた。

近寄ってみると、確かに取っ手だ。上から下に動かせるようだ。うんと背伸びをすれば手が届く。

長い年月、動かされたことがないらしく、取っ手は手強《てごわ》かった。イコは顔を真っ赤にし、全身の力を込めた。抗議するように、取っ手の木の部分がぽろぽろとはげ落ちて、顔の上に落ちかかった。

とうとうイコの力が勝って、取っ手はがたんと下へ動いた。と、一瞬遅れて、広間の何処《どこ》か近い場所で、何かがさらに大きな音をたてた。

イコは階段から手すり越しに見おろし、すぐ目の下の扉が開いていることに気がついた。神官たちとここへ来たとき、剣から放たれる白い光に呼応して開いた、対になった石像の扉のちょうど真向かいにある木の扉だ。さっき見つけたときには、押しても引いても開いてくれなかった。表面がだいぶ傷んでいるので、壊して開けることができないかと思っていたのだけれど、この取っ手が鍵になっていたものであるらしい。良かった！

嬉しかったから、走って扉をくぐった。その先はまた別の部屋、広間よりはずうっと狭い部屋になっていて、床に段差がついている。何に使う部屋だろう。

イコは、パチパチという音に立ち止まった。広間ほどではないがここも天井が高く、壁の上部の回り縁に、松明《たいまつ》が設置されているのだ。赤々と燃えている。

懐かしい火の色だ。ほっとしそうになって、だがこれは妙だと思い直した。

誰が灯した？

誰のための明かりだ？

神官たち？　帰る前に、ここを通って火を点けたのか？　そんなはずはない。石棺に閉じこめられると、すぐに、彼らがあの上下する円い床に乗り込んで、降りてゆく物音を聞いた。それに、もしも彼らがイコの通ってきた扉を抜けたなら、壁の取っ手が上がっていたはずはない。だいいち、神官たちには松明を灯す必要などなかった。

では、城主が灯したのか。新たなニエ、新鮮な生贄《いけにえ》を迎えるために？

〝霧の城〟は生きている。

イコはかぶりを振った。考えても仕方がない。臆病風に吹かれるだけだ。幸い、床の段差は高いけれど、イコがよじ登れないほどではなかった。手も足も、滑らかに力強く動いてくれた。

いちばん高い段差を登ると、そこで行き止まりだった。見上げると、もう一段高い段差がある。だが、そこには飛び上がっても届かない。と、天井から太い鎖が下がっていることに気がついた。何かをぶらさげていたものが、鎖が傷んで途中で切れてしまったという感じがする。

夢のなかの、鋼鉄の鳥籠を思い出した。あれもこんなふうに、太い鎖で吊り下げられていたじゃないか。

ぶるると身震いが出た。イコはジャンプして、鎖をつかんだ。するすると登ってゆく。縄《なわ》登りなら得意だ。半分ほど登ると、回り縁というよりは通路のような足場を見つけた。体重をかけて鎖を揺らし、振り子の反動をつけて、ぽんと着地。大丈夫、大丈夫だ。ちゃんとやれる。

正面の壁には、四角い窓が並んで開いていた。窓の縁に飛びついて、腕で身体を引き上げると、向こう側にはもっと広い部屋があるのが見えた。よし、行こう。出口を探し出すんだ！

3

窓の縁から隣の部屋へと――

身を躍らせたとき、唐突に、思っていたよりもずっと高いところから飛び降りることになると気がついた。耳元でひゅうと風が空を切る。目測を誤った！

が、次の瞬間には、イコは両足ですとんと石の床に着地していた。積もり積もった埃が、白い煙のようにぱっと舞い上がった。

ひやりとした。振り返って四角い窓を仰ぐ。トクサの村でも、あんな高さから飛び降りるようなイタズラはしたことがなかった。でも、どこも痛くないし、脚も膝もしっかりしている。もともと元気なのは自分の取り柄だと思っていたけれど、ここに来て、さらに強くなったのかもしれない。

御印《みしるし》のおかげだろうか……？

それでも、ちょっと空腹であることには間違いない。それに喉が渇いた。どこかに水はないかしら。耳を澄ましてみたが、聞こえるのは、ここでもまた松明《たいまつ》がぱちぱちと爆《は》ぜながら燃えている音だけだった。

この部屋はまた広大だった。石棺のある大広間の――半分ぐらいの広さはありそうだ。イコが飛び降りた場所のすぐ左手に、あの石造りの像みたいなものが並んでいる。今度のは一対ではなく、四体が仲良く頭を並べて道をふさいでいるのだ。

像の上部には、半円形の透かし彫りの明かり取りがあり、向こう側にも通路か部屋があるらしいことが窺《うかが》えた。でも、この像は、神兵が船着き場のどこかから持ってきた不思議な剣がなければ、動かすことはできない。

他には、出口らしいものは見あたらない。正面は行き止まりの壁だ。目の先の床の上に、そこだけ滑らかにならされた石で、円い台座のようなものがしつらえられていた。何か、底が円いものを運んできて設置するための目印のようにも見えた。

それにしても、この壁と天井。なんて高いんだ。部屋の床の部分は四角いけれど、上の方へゆくと壁は丸みを帯び、回廊状の階段が、壁の内周を這うようにしてうねうねと上へ延びている――

そこで気がついた。これは、夢に出てきた場所だ。あの階段。尖った手すり。そう、思い違いじゃない。確かにここはそうだ。

イコははっとして、遥か高みの天井を仰いだ。ここが夢の場所に間違いないならば、天井からは、あの恐ろしい鳥籠がぶら下がっているはずだ！

そのとおりだった。てっぺんの近くに開いている窓から差し込む陽射しを受け、確かに、鋼鉄の鳥籠の底が鈍い光を放っていた。

イコは自分の足元に目を落とした。閃《ひらめ》いたのだ。床の上にある円い台座。あれは、あの鳥籠をここに下ろすことができるという印じゃないのだろうか。

背中がぞくりとして、腕に鳥肌が立った。夢で見た光景、夢のなかで起こった出来事が、頭のなかに蘇《よみがえ》る。イコは慎重に足を進めて、円い台座の縁に立ち、もう一度頭上を仰いだ。

今にも、黒い生き血が滴り落ちてくるのではないか。

だが、しばらく待っても何も起こらない。それなら、上に昇ってみよう。両脇の壁に梯子《はしご》がかかっており、梯子を登ると、そこから回廊状の階段への上がり口に通じている。

思いの外、梯子には傷《いた》んだ様子がなく、しっかりとイコの体重を受け止めてくれた。軋《きし》むことさえない。イコは急いで梯子をあがり、階段を登り始めた。夢のなかでの行動が、そっくりそのまま再現される。違っているのは、外が嵐ではなく、明かり取りの窓から陽光がさしかけていることだけだ。どんどん登ってゆくと、上方の窓の縁に布がさがり、風にひらひらとはためいているのも見えてきた。これも夢と寸分たがわない。

登ってゆくほどに、鋼鉄の鳥籠がはっきりと見えてきた。イコの心臓がどきどきと跳ねた。今にもあの黒い人影が見えてくるのじゃないか。それは黒い血を流し、イコの方にゆっくりと頭をもたげる――

イコは足を止めた。

ああ、鳥籠のなかに何かいる。

しかしそれは、黒い影ではなかった。

白い――それもただ真っ白なのではなく、ほのかに輝いている。真夜中に仰ぐ月のような白さ。音もなく水辺を飛ぶ蛍《ほたる》のような、淡く浄《きよ》い輝き。

でも、人影だ。

「誰？　そこに誰かいるの？」

そっと手すりに近づきながら、イコは鳥籠に向かって声を放った。すると鋼鉄の檻《おり》の向こうで、白い影がつと動いた。

「そんなところで何してるの？」

思わずそう問いかけてしまってから、イコは急いで言い足した。「待ってて。今、下におろしてあげるから」

また走って階段を登りながら、イコは胸が躍るのを感じた。〝霧の城〟に囚われ人がいる！　僕と同じニエだろうか？　石棺に入れられず、あんなところに閉じこめられているのは、どんな事情があるのだろう？

とにかく、助けなくちゃ！

気持ちに急《せ》かれて登っていくと、いきなり階段が崩れ、途切れている場所にぶつかった。鉄の鳥籠はまだ頭上にあり、寸断された場所さえ渡れれば、その先の階段は無事に残っている。でも、そこまでは相当な距離があった。走って飛んでも届きそうにない。

イコは壁の右手の窓に目をやった。高いところにあるけれど、飛びついてよじ登ればなんとかなりそうだ。幸い、途切れた場所を渡った先の、向こう側の階段のそばにも窓が開いている。窓の外の壁を伝って、あちらの窓からまた中に入ればいい。

窓の縁に登り、頭を外に出してみて驚いた。そこは広いベランダになっていた。海鳴りと鳥の鳴き声が聞こえる。

ベランダに出ると、陽光がまぶしくイコの目を射た。爽やかな空気が肺を満たした。やはり、ここは塔のようだ。はるか真下の足元は海。空の方がずっと近く、手をあげれば雲がつかめそうなほどに感じられる。

岸壁にそそりたつ、雄大な〝霧の城〟。ベランダから見渡し、自分が本当にそのなかにいることを、イコは初めて実感した。ベランダからの景色には視界に限りがあるけれど、それでも、他にもここと似たような円形の天井を持つ塔がひとつと、複雑に入り組んだ建物の連なりがよく見える。窓もたくさん見えるけれど、もちろん、どこにも誰もいない。

強い風が吹いている。

ベランダの端まで走り、窓を通って塔の中に戻った。一段と高い場所まで登ったからだろう、中にいても風の唸りが耳に届く。でもそれは、イコを怯えさせるより、むしろ励ましてくれた。明るい空と潮風は、イコがけっして身動きもとれずに閉じこめられているわけではないことを教えてくれる。〝霧の城〟を取り囲む美しい自然は、立派に生きているのだ。出口さえ見つけることができれば、イコもまたその自然のなかに戻り、同じように生きてゆくことができるのだ。

階段は、ちょっと先で今度こそ本当の行き止まりになっていた。手すりに三方を囲まれた場所の、右手には木の扉。大広間を出るときイコが通ってきたのと同じ形だが、やや大きい。そしてその扉の脇に、やはり大広間で見たのとよく似た取っ手のような仕掛けがあった。今度のは壁についているのではなく、床に設置されている。

取っ手に両手をかけ、ぐいと倒した。イコは、脇の木の扉がさっと上がり、新しい通路が開くのではないかと思っていたのだが、その予想ははずれた。この取っ手こそが、鳥籠を動かす仕掛けになっていたのだ。

ぎしりと重く軋んで、巻きあげられていた鎖がほどけ、鋼鉄の鳥籠はゆるゆると下がり始めた。取っ手をいっぱいに倒したところで、イコは手すりに寄って下を見た。下がってゆく——下がってゆく——。今では真上から見おろしているので、鳥籠の中央に、白く輝く人影が倒れ込んでいるのが見える。

やっぱり、あの円い台座は鳥籠の受け皿になっていたのだと思った途端、再び鎖が軋んで下降が止まった。反動で、鳥籠が左右に揺れる。まだ台座に着いてはいない。途中で止まってしまったのだ。

イコは取っ手を動かしてみたが、もう反応はなかった。何かに引っかかっているのかもしれないけれど、距離が遠くてここからではわからず、どうしようもなかった。

イコも階段を駆け下りた。汗がこめかみから流れるのを、走りながら手の甲で拭う。やっぱり喉が渇いた。

鋼鉄の鳥籠は、ちょうどあの四体の像の頭の高さぐらいのところで止まっていた。階段を下りきると、目の高さが釣り合い、鳥籠のなかがよく見えた。

白い人影は、鳥籠の中央に立ち上がっていた。ほっそりとした身体。華奢《きゃしゃ》な首。裾《すそ》丈《たけ》が膝頭に届くくらいの、きれいだけれど風変わりなドレスを着ている。ドレスの色も白い。

そう……女の人だった。

俯《うつむ》いて、足元を見ている。イコに気づいてないはずはないのに、こちらの方には目もくれない。もう一度声をかけようとして、イコは口をつぐんだ。何と呼びかけたらいいかわからなかったのだ。さっきも返事はなかった。もしかしたら聞こえないのかもしれない。

さて、どうしたものか。どうやったら鳥籠を台座まで下ろせるだろう？

呼吸を整えながら、しばらく考えた。身体の汗がひいてゆく。

とにかく、もっと鳥籠に近づいてみよう。反対側の壁の縁をぐるっと回っていけば、あの四体の像が並んでいるところまで行けそうだ。像の上部の明かり取りのさらに上に、庇《ひさし》のようなでっぱりが見えている。あそこまで行ってみれば、もっと様子がわかるだろう。

いったん梯子を下り、反対側の壁まで走る。そこの梯子を上り、壁の縁を駆ける。そのあいだじゅう、イコは鳥籠のなかの女の人から目が離せなかった。彼女はまったく動かなかった。人ではなく、人形のようにさえ見えた。

いや本当に、人の形こそしているけれど、人ではないのかもしれない。あの浄《きよ》く白く輝く身体は、生身の人間などではなく、もしかしたら精霊の化身なのかもしれない。

継母《まんかか》さまがよく話してくれた、森の精霊のことを思い出した。優しい心の持ち主で、森で育《はぐく》まれるすべての命を愛おしみ、その一方で、森の恵みを受けて生きる人の命をも守ってくださる。だから、迷っている旅人や傷ついた狩人を見つけると、若い娘の姿に化身して現れ、助けてくれるのだ。

四体の像の真上までたどりつくと、イコは迷った。

鳥籠のなかの女の人は依然として動かない。イコに背中を向けて立っているだけだ。この距離なら充分に声も届くはずだ。呼んでみようか。鳥籠の扉を揺さぶり、開けることはできないかと訊ねてみようか。

いや……駄目だ。あの腕ときたら、イコよりも細いくらいじゃないか。重い鳥籠を揺さぶることなんか、到底できそうもない。

どうしたらいいか。

よく見ると、鳥籠を吊り下げている鎖は、いかにも太くて強そうだけど、だいぶ傷んでいるみたいだ。鳥籠の本体も、目で見るほど頑丈ではないかもしれない。

うん、そうだとイコは決めた。ここから鳥籠の上に飛び移ってみよう。鳥籠の円い縁から飛び出している危険な棘《とげ》にさえ注意すれば、難しいことではない。イコが鳥籠に乗っかれば、二人分の体重で、鎖の引っかかりを取ることだってできるかもしれない。

ジャンプすると、イコは苦もなく鳥籠の天井に飛び乗った。途端に、鋼鉄の鳥籠ががくんと傾いた。確かに鎖は傷んでいた。イコが予想した以上に脆《もろ》くなっていたのだ。今の衝撃で、輪のひとつがぐいと延び、呆気なく切れた。鳥籠はわずかに傾きながら、部屋中に響く音をたてて台座の上へと落下した。

反動でイコは鳥籠から振り落とされた。切れた鎖が跳ね上がり、壁を叩いた。その振動で、イコが石の床に尻餅をついたのに一拍遅れて、壁の松明の燃え木が一本、からんと軽い音をたててすぐそばに落ちてきた。まだ火が点いている。

が、それに目をとられたのはほんの一瞬のことだった。イコは床にへたりこんだまま、ぽかんと口を開けて鳥籠を見た。

あの白い女の人が、鳥籠から出てくる。

落下の衝撃で扉が開いたのだ。彼女はゆっくりと、川の浅瀬を歩いているみたいな足取りで鳥籠の縁をまたぎこした。その脛《すね》の線の美しさ。彼女は裸足だった。足の指の一本一本、爪先までもが、神々《こうごう》しいまでの白い光をたたえていた。

彼女はゆるりと首を巡らし、自分を捉えていた鳥籠を見、部屋の石壁を見回し、それからイコへと視線を下げた。

確かに女の人だ。でも、遠目で見たよりもずっと若い。少女と言った方がいい。それでもイコよりは背も高く、ちょっぴり年長のようには思える。

短く切った栗色の髪。さらさらと頬を撫でている。髪と同じ色合いのつぶらな瞳が、しっかりとイコの顔を見据えている。

精霊だ——イコは思った。やっぱり精霊だ。

だってこんなにも綺麗《きれい》なんだもの。

彼女のくちびるが小さく動き、言葉を発した。

松明の燃える音だけが響く静けさのなかで、しかしイコにはその言葉が聞き取れなかった。今まで聞いたこともない言葉だったのだ。

そおっと爪先を運んで、滑るように音もなく、彼女は近づいてくる。また何か呟いている。話しかけられているんだ。

でも、意味がわからない。

「き、君——」

やっと口が開いて、声が出た。

「君もイケニエなの？」

精霊も〝霧の城〟に囚われることがあるの？　誰かが君をここに連れてきて、鳥籠のなかに閉じこめたの？

その問いは言葉にならなかった。代わりに、イコの口はほとんど勝手に動いて、自分がニエであることを語っていた。角が生えたから、ここに連れてこられたんだよ——

少女はイコのすぐそばまで近づくと、優雅に膝を折ってしゃがみこんだ。そしてイコの方に手を差し伸べ、イコの頬に触れようとした。

その白い指先。宝石のような瞳。トトと探険した洞窟の地底湖が放っていたのと同じ、神秘の輝き。

そのとき、イコは気づいて目を見張った。黒い煙の塊《かたまり》のようなものが、少女の背後へと迫っている。

4

いったい何が燃えて、こんなへんてこな煙が現れたのだ？

そんな疑問に気をとられていたのは、ほんの一瞬のことだった。その一瞬のうちに、少女の背後に立ちはだかった黒い煙の塊から二本の太い腕が伸びた。少女の華奢《きやしや》な身体をすくうようにして引っさらい、肩の上に担ぎ上げると、くるりとこちらに背を向けて、部屋の隅へと歩き出す。少女が小さく悲鳴をあげたが、まったく意に介する様子がない。

そう、歩いている。漆黒の煙、暗黒の霧。しかしそれには腕も脚も、分厚い肩もある。ヒトの姿に似てヒトには非ず、その巨大な頭は膨《ふく》れて歪み、イコのものと同じような角が生えていた。

煙の塊なんかじゃない。魔物だ。怪物だ。

認識に頬を叩かれ、イコは悟った。石の床から跳ね起きると、後を追った。

真っ黒な煙の怪物は、足取りだけはのしのしと、しかし音もたてず、そこはまた煙や霧の如く、滑るように素早く部屋を横切ってゆく。それが背中を向けていても、目玉が光っているのが見えた。一対の目玉は、それぞれがイコの拳ほどに大きく、瞳もなければまぶたもなく、ただ夜空を横切って燃え尽きる寸前の流れ星のように煌々《こうこう》と輝いている。

その肩の上で、少女は諦めたようにぐったりしている。

いつの間にか、部屋の隅の石床の上に、今まで見たことのないものが出現していた。それもまた漆黒の——円い輪のようなもの。水たまりのようにも見えるが、その水が動いている。いや、水じゃない。やっぱり真っ黒な、煙か霧だ。輪の内側で渦巻き、煮え立つように激しく揺れさざめいている。

その輪のそばまで行くと、怪物はぐいと前に屈んだ。節くれ立った脚を踏み出し、黒い渦のなかに入って行く。するとその身体がずぶずぶと沈み始めた。少女を肩の上に担いだまま。

たちまちのうちに怪物は腰まで沈み、すぐに胸までが輪のなかに消えた。少女は両手を伸ばし、渦巻く黒い煙の縁に、必死でしがみついている。引っ張られる。引きずり込まれる。少女は首を振り、栗色の髪が乱れ、か細い二の腕に力がこもる。しかし、少女を呑み込もうとする渦の力はあまりに強く、一人ではとても抗うことができない――

イコはほとんど前のめりになって駆けつけ、少女に向かって手を伸ばした。驚きと恐怖で声が出ない。ただただ夢中で少女の手首を握り、力任せに引っ張った。少女を捉えている渦の力は強く、イコは、少女の腕が抜けそうになるのをはっきり感じた。自分の肩も、ごきりと鳴った。力むあまりに革のサンダルが滑って、床に転んだ。

倒れた拍子に、もう一方の手も少女に届いた。今度は両手で彼女の手首をつかみ、体勢を立て直しながら、満身の力を込めて、彼女を渦のなかから引っ張り出した。

少女の裸足の爪先が、渦の縁を越えた。すると彼女はその場に倒れ込み、つないでいた手が離れた。イコもぜいぜいとあえぎながら、石床の上に膝をついた。

少女は溺れかかったときのように、苦しげに息をしている。そのすぐ後ろで、黒い渦はまだぐるぐると騒いでいる。

「い、今の何？　これは何？」

彼女をもっと渦から遠ざけた方がいい、早くここから逃げた方がいい、もういっぺん手を引っ張って立ち上がらせなきゃ――さまざまな考えが頭のなかで泡立つ。それでも、口をついて出たのはその言葉だった。

「君を狙ってたよね？」

さらって、連れ去ろうとしていた。あの渦のなか、奥深く。黒い煙の煮えたぎる底の底までもへと。

少女は床にへたりこみ、頭を下げてまだあえいでいる。イコも、自分の心臓があわてふためき、喉元あたりまであがってきて、そのせいでかえって呼吸がふさがれてしまっているみたいな感じを覚えた。落ち着かなくちゃ。

胸に手をあて、御印《みしるし》に触れ、冷静になろうと大きく息をついたとき、また目の前から少女が消えた。あの黒い怪物が、彼女を引きずるようにして連れてゆく。新手《あらて》だ。部屋の反対側の隅へ向かってゆく。ああ、そこにも黒い渦が出現しているのだ。

いったい、あれは何なんだ！

今度は驚きと恐怖ではなく、怒りと苛立ちにせき立てられて、イコは逃げてゆく怪物へと飛びかかった。拳を固めて殴りかかったのに、でもその拳は空を切った。怪物の身体を通り抜けてしまったのだ。やっぱり煙の塊だった。どれほどじたばた暴れたところで、霧を押しのけようとしているみたいに空しい。

よろめきつまずきながら、少女は怪物に引きずられてゆく。イコが殴ろうと蹴ろうと体当たりをしようと、怪物は何も感じないらしい。拳や足があたった瞬間、煙でできた輪郭《りんかく》がわずかに乱れるだけだ。どうしたらやっつけることができるんだろう？

イコは首がちぎれそうなほどの勢いで周囲を見回した。少女はどんどん遠ざかる。黒い渦へと連れて行かれる。そのとき、もっと恐ろしいことに気がついた。黒い怪物は、少女を捉えているあの一体だけではない。そこにも、ここにも、何体もいる。何対もの目玉が、真っ白に底光りしている。あるものはイコのそばをうろつき、あるものは少女の後ろに、少女を捕えている仲間の背を押すように付き従っている。イコが少女の方に駆け出そうとすると、すかさず二体が進路にふわりと立ちふさがった。

拳じゃダメだ。蹴ってもダメだ。武器なんて持ってない——

ぱちぱち、ぱちぱち。松明《たいまつ》の燃える音。

イコの頭のなかにも、明かりが点いた。

そうだ、火だ。火なら、どんな怪物だってひるませることができる。

床に落ちて傾いだ鋼鉄の鳥籠のすぐ脇で、まだあの燃え木が燻《くすぶ》っている。火が残っているのだ。イコは一直線に走って燃え木を拾い上げると、それを両手でしっかりとつかみ、怪物たちに向かって突進した。

最初のひと振りで、燃え木に残っていた小さな炎が消えてしまった。これじゃただの木の棒だ——

でも、次のひと振りで、進路を邪魔する怪物の腹の辺りを横薙《よこな》ぎにはらうと、それは途端に輪郭を失い、宙に漂う煙の残滓《ざんし》と化して、イコの前から消えてしまった。不気味な白い一対の目だけが、ほんの一握りの黒い煙をその周囲にまとわりつかせて、ふらふらと浮いている。

イコの胸に勇気が湧いた。めちゃくちゃに木の棒を振り回しながら、まっしぐらに少女の方へと進んだ。少女は今しも、部屋の反対側の隅にある黒い渦のなかに引きずり込まれようとしている。怪物の黒い腕が、彼女のほっそりとした胴に巻きついている。

ぶん、ぶん、と棒を振ると、自分の周りで風が起こるのを感じた。煙を追い散らす風だ。力いっぱい風を起こし、怪物どもを、もとの煙へと戻してしまえばいい！

少女を捕えている怪物の首をめがけて棒を振ると、煙が乱れて怪物の目が動いた。右目と左目が散り散りになり、肩の輪郭も大きく崩れた。

「つかまって！」

イコは左手を差し伸べて、少女に叫んだ。膝のあたりまで渦のなかに沈んでいる。

ほんのひと呼吸の間――まばたきするほどの短い時――なぜかしら少女はためらった。彼女の瞳がイコをとらえ、問いかけるように、イコの瞳、イコの心の底までも見透かそうとするかのように、澄んだ眼差しを投げかけた。彼女の視線があたったところ、額に、頬に、髪にそしてこの目に、さながら清水で浄《きよ》められたかのような涼やかさ、清々《すがすが》しさを、イコははっきりと感じることができた。

そして少女は、思い切ったように手を伸ばし、自分からイコの手をつかんだ。指と指。掌と掌。しっかりと繋《つな》ぎあった手と手のあいだに、奔流《ほんりゅう》が流れた。浄く温かく、ああ、この温もりは何かに似ている——トクサの村の狩人たちを喜ばせる、豊猟を約束する吹き下ろしの南風。懐かしさと喜びと、安堵を含んだ柔らかな風。それが一気に押し寄せてきて、イコを包んだ。

すると、視界が変わった。

同じ石の床。同じ石の壁。見上げる天井。壁の松明。

円い台座の上に、棘《とげ》をまとった鋼鉄の鳥籠が鎮座している。壊れていない。傾いでもいない。中身は空っぽで、扉は閉まっている。

鳥籠の傍らに、銀糸で織られた重たげなローブの裾を引き、杖をついた老人が佇《たたず》んでいる。杖の頭には、宝玉に彫刻をほどこした飾りがついている。イコはその彫刻が、何を模したものだか知っていた。天球儀だ。月と星々の動きを示し、その運行から、天文学者たちが神のご意志を諮《はか》るために使うものだ。

老人の髪は長く、鬚《ひげ》も長い。どちらも純白だ。老人がかすかに首を振り、イコの目に彼の顔が見えた。眉毛もやっぱり白く長い。目を覆い隠すほどだ。それでも、老人の表情を隠すことはできなかった。彼は嘆き、悲しんでいた。

——斯様《かよう》なものに古《いにしえ》の叡智《えいち》を費やすなど、人の歩むべき道ではござらぬ。

ローブを着た老人は、ゆっくりとそう呟きながら、杖の端で鳥籠を示した。

——我らが主君は道を踏み誤ろうとしておられる。この道に先はない。通じる先はただ暗闇のみじゃ。

この部屋だ。でも、床に埃はない。壁石は割れても欠けてもいない。鋼鉄の鳥籠は、つやつやと鋼《はがね》の光を放っている。作られたばかりなのだ。

ローブを着た老人は、杖を握りしめて唸るように言った。

——過《あやま》ちじゃ。大いなる過ちじゃ。この城は、滅びへの道を歩んでおる。

イコはあえぎながら息を吸い込んだ。長いこと水に潜っていて、あわてて水面に飛び出したみたいだった。そうだ、ほんの一瞬、時が止まったみたいに長い一瞬、心がどこかへ潜っていた。そして戻ってきた。そして息をついた。

視界も戻った。目の前の少女。しっかりと握りしめた手と手。反対の手に構えた木の棒の感触。

すぐ足元で渦巻く黒い煙。その中心から一対の目が生まれ、続いて、むっくりと新たな黒い怪物が身を起こす。

この渦が怪物の〝元〟なのだ。

とっさに、イコはできたての怪物の頭を棒ではらった。少女と手をつないだまま、振り向きざまに背後にいた怪物もやっつけた。

怪物は、棒で薙《な》ぎはらわれると呆気なく形を失うが、目玉までは失くならない。そしてしばらく経つと、また煙を集めて元通りになってしまう。そのあいだにも、新手《あらて》が次々と渦のなかから湧き出てくる。きりがない。

逃げなくちゃ。だけど出口には、四体の像が立ちふさがっている。イコが飛び降りた窓はあまりに高く、そこへ戻るための鎖もなければ足場もない。梯子《はしご》を上っても、もうあの窓には届かない。

焦って棒を振り回し、勢い余って体勢が崩れ、イコは少女の手を離してしまった。と、少女がつと顔をあげ、四体の像の立ちふさがっているところへと、ふらりと踏み出した。すかさず怪物が近づいてくる。

イコはあわてて少女のそばに駆けつけた。革のサンダルが片方、すっぽ抜けそうになった。少女はイコの顔を見て、それからまた四体の像に目をやった。イコには意味のわからない言葉で、何か呟く。そしてあの頼りない足取りのまま、なおも四体の像のあるところへ行こうとする。

イコはもう一度少女の手を取った。すると、今度ははっきりと、彼女に引っ張られるのを感じた。あっちへ行こうと主張しているのだ。

「でも、行き止まりだよ！」

イコは叫んで、彼女の手を引っ張り返した。すると少女は、嫌々をするようにかぶりを振り、イコの手を引っ張り直す。瞳が訴えている。行こう、行こう。

ぼやぼやしているうちに、まわりを怪物たちに囲まれてしまった。イコは背中に少女をかばいながら、自分の身体を芯にして、円を描くように木の棒をぐるぐると振り回した。少女は緩やかに、でも滑らかに動いて棒を避け、怪物たちを追い散らしたイコが息を切らしながら棒をおろすと、白い右腕を優雅に差し伸べて、四体の像の並んでいるところを指さした。

わかったよ、わかった。イコは少女と手をつないで走り出した。彼女の髪と、白いドレスの肩掛けがひらひらとなびく。

部屋を横切り、落下した鳥籠のそばを通過する。少女は足が速かった。イコの前を、狩人を導く森の精霊さながらに駆けてゆく。四体の像はもう目の前に迫っている。

突然、稲妻のような白い光の筋が、宙を横切って走り抜けた。

少女は見えない壁にぶつかったかのように立ち止まり、はっと後ろに下がった。イコもひるんで足を止めた。

あの四体の像が、白い光を発しているのだ。神兵が、不思議な長剣を掲げたときと同じことが起こっていた。白い光は、四体の像のそれぞれから飛び出して、宙でひとつにまぶしく結束し、そこに素早く何かを描いて消えてゆく。

ごごっと音をたてて、四体の像が動き出した。行進しながら位置取りを変える騎士たちのように、前後左右に整然と分かれると、道を開けた。

少女は、片手をかばうように顔の前に挙げていた。彼女のすぐ右手に、黒い怪物が腕を持ち上げて迫っていた。が、像が光を放った瞬間に、それは消えた。淀む煙が清浄な風に吹き消されるが如く、跡形もなく消え去った。底光りする目玉も残さずに。

啞然と口を開け、イコは部屋のなかを見回した。左右の隅に出現していた怪物の〝元〟、黒い煙が煮えたぎるように沸き立っていたあの渦も、みるみるうちに蒸発して消えてゆく。後には、部屋の他の部分と何ら変わることのない、石敷きの床が顔を出した。

少女はゆっくりと手を下ろした。驚いている様子も、怖がっている様子もない。強《こわ》ばっていた彼女の肩がつと下がり、腕が身体の両脇に垂れた。

——消えちゃった。

イコはごくりと空唾《からつばき》を呑み込み、動悸《どうき》を抑えるために胸に手をあてた。

——煙みたいな怪物たちを、あの娘《こ》がやっつけちゃったんだ。

そして、閉ざされていた扉も開けてくれた。

少女はわずかに俯《うつむ》いて、同じ場所にひっそりと佇《たたず》んでいる。イコは（自分でもどうしてそうするのか確《しか》とはわからないままに）足音を忍ばせて、そっと彼女に近寄った。

「ど、どうやったの？」

少女はつと首をひねり、イコの足元に目をやった。でも、何も言わない。

「そ、そうだよね。言葉、わからないんだ。僕の言うことも、君にはわからないんだよね。ごめんよ」

少女はまばたきをした。長い睫毛《まつげ》が綺麗だ。

「とにかく、ここから出よう。こんなところにいたら、危ないもの。僕と一緒に行こうよ。ね？　出口を探そう」

自分でもそのとき気がついたのだけれど、イコはまだあの木の棒をしっかりと握りしめていた。武器とも呼べない素朴なものだけれど、あの怪物たちを追い散らすには、ちょっとは役に立ったようだ。大事にしなくちゃ。

右手で木の棒をつかみ直し、左手を――衣の袖のあたりでこすってから――促すように差し出した。少女の顔をのぞきこむ。少女はイコの目を見ず、差し出された手ばかりを見て、躊躇《ためら》っているのか思案しているのか、しばらくのあいだ動かなかった。

それから、やっと決心したのか、イコの手を取った。

掌の柔らかな感触。ほっそりとして長い指。爪のひとつひとつが、新鮮な花弁のようにつやつやと光っている。

つないだ手からイコの身体へと、また、微風のように優しく、継母《まんかか》さまの膝のように安らかな感じが伝わってきた。真夏の暑いとき、頭から川に飛び込んで、清らかな水に身体を浸したときを思い出す。汗も埃もいっぺんに洗い流され、頭の芯までひんやりと浄めてくれる。

流れ込んできたその〝気〟が身体全体へと染み渡るのを感じて、あまりの心地よさに、イコは思わず目をつぶってしまった。

疲労がとれた。空腹も消えた。喉の渇きも感じなくなった。ついさっきまでは、鳥籠のてっぺんから落っこちて床でお尻を打ったところが、ちょっぴり痛かった。その痛みも消えてしまった。

癒《いや》しの力だ――

そしてまた、幻影が来た。閉じたまぶたの裏いっぱいに、ここではあるけれど現在《いま》ではない光景が広がった。

四体の像。少女が動かしてくれたあの像が、前後に二体ずつ整列している。その前で、黒い長衣に黒いヴェールをかぶった人物が、こちらに背中を向け、跪《ひざまず》いて祈りを捧げている。

手に何か持っているのか？　いや指を組み合わせているだけか。その人物は、ほとんどうずくまるようにして身を屈めているので、はっきりとわからない。だが突然、その人物の胸のあたりからまばゆい雷光が迸《ほとばし》り、それを受けて四体の像が動き出した。頭を並べ、ちょうどイコが初めてこの部屋に足を踏み入れたときと同じように、道をふさいで立ちはだかった。

像が止まると、跪いていた人物が立ち上がった。ヴェールがかすかに揺れた。その人物が、手ではね除けたのかもしれない。おかげで、白い頰と、耳を覆う髪の一部が見えた。綺麗に結い上げた髪——女だ！

幻はそこで消えた。イコは目を開けた。

手をつなぎ、すぐ脇に立っている少女は、ぼんやりと前方に目をやっている。彼女には今の幻が見えなかったのだろうか？

黒い渦から助け出そうと、初めて少女と手をつないだときに見えた幻——あのなかに登場してきた老人と、今の黒衣の女。二人は別人だし、それぞれに別のことをしていた。

老人は鳥籠のことで腹を立てていた。手にしていた杖についた天球儀は、老人が学者である印かもしれない。きっと凄く偉い学者だ。だって村長《むらおさ》でさえ、天球儀についいて書いた書物は持っていたけれど、天球儀そのものは持っていなかったんだもの。

では黒衣の女は何者だろう？　祈りを捧げ、あの不思議な光を操って像を動かしていた。そう、封印していた。あの像は、何体か揃って封印の扉の役割を果たしているのだ。

命のないものを動かして、そんなことをさせられるなんて、普通の人じゃない。

魔女か？

昔話のなかには、よく魔女が出てくる。この世を創った善き神に敵対する邪悪な神々の従人《しもべ》となり、生きとし生けるものすべてに仇をなす闇の眷属《けんぞく》たちの一員。なかでも魔女は、堕落《だらく》したヒトの女が成り下がるもので、姿形こそ人間に似ているけれど、心は邪神の唱える暗黒の呪文に満たされて、だから魔女のいるところは何処でも、真昼でさえ薄暗くなってしまうのだという。

そんなものが、〝霧の城〟に？　ここの城主は魔女なのだろうか。

イコは一人、かぶりを振った。考えたって仕方がない。だいいち、どうしてこんな幻が見えるのか、幻が何を示しているのかということ自体、わからないのだ。

――この娘《こ》と手をつなぐと、見えるみたい。

イコは彼女の表情を窺《うかが》った。怯えているようにも、悲しんでいるようにも見えない。でも笑いもしないし、興味深そうでもない。少女はすぐそばにいるのだし、顔をのぞきこむのは易しいことなのに、イコには、彼女が霧の向こうにいる人のように思えた。

この少女こそ、何者なのだろう？

黒衣の女が作った封印の扉を開くことができる。神兵の捧げ持っていた剣と同じ力を、その身の内に秘めている――

つないだ手を軽く引いてみた。少女はイコの方に目を向けた。向けただけで、瞳にはイコは映っていない。

少女はイコより頭ひとつ背が高かった。肩の位置もイコより上にある。歳も上のようだし、お姉さんみたいだ。察することができるのは、それだけ。伏せた睫毛《まつげ》のあいだからのぞく栗色の瞳に、何かしらの手がかりが隠されていないかと、イコは一心に見つめてみたけれど、無駄だった。

ふと、彼女のドレスの肩掛けに目が行った。

イコの御印《みしるし》と同じく、この肩掛けに、〝霧の城〟の力に対抗し得る、不思議な魔力が込められているのかもしれない。頭に角は生えていないけれど、あんな恐ろしい鳥籠に閉じこめられていたのだ。この少女だって、生贄《いけにえ》であるに決まっている。彼女の身を案じる誰かが、村長と継母さまがイコにしてくれたのと同じように、そっと魔力のある肩掛けを着せかけて、無事に帰れるようにと計らってくれたのだろう。

「さ、行こう」

元気を出して、イコは呼びかけた。彼女が誰であれ、一人より二人の方が心強い。

二人なら、きっと大丈夫だ。

5

封印の扉の先には小部屋があった。また大きな段差があって道を阻《はば》んでいる。いったい、〝霧の城〟というのはどうしてこんなに不便に造ってあるのだろう。あっちにもこっちにも段差があって、真っ直ぐには進めない。

今度の段差はたいそう高く、イコも両手をいっぱいに伸ばして飛びつき、よじ登らねばならなかった。下に残った少女は、ふらふらと漂うように足踏みをしている。イコが目を離すと、封印の扉の方に戻っていこうとするので、大声で呼び止めた。

「こっちだよ！」

段差の縁に腹這いになり、手を伸ばした。

「つかまって。上るんだ」

言葉が通じないことはわかったから、身振り手振りも添えて、一生懸命に説きつけた。少女はやっと手を差し伸べ、イコの手をつかんでくれた。彼女を引っ張り上げようとして、イコはまたぞろビックリした。

なんて軽いんだ。

黒い渦巻きのなかから引っ張り出したときとは場合が違う。イコの腕には彼女の体重がすべてかかっているはずなのに、薪《まき》を入れる籠ぐらいの重さと手応《てごた》えしかない。少女の透けるような白い肌と、その身体を内側から満たしている光を、イコはあらためてまじまじと見つめた。

やっぱり精霊みたいだ。呼吸《いき》はしているのかしら？

肩掛けの胸にかかるあたりが、わずかに上下している。うん。吸って吐いて、僕と同じだ。手足には関節がある。頬には産毛《うぶげ》が生えている。

少女は気づいていないけれど、あまりにまじまじと見つめていたので、イコは勝手に気恥ずかしくなってしまった。

「そ、外に出られそうだね」

段差を上った先には、アーチ形の出口が見える。そこには陽光が溢れていた。

「行こう！　こっちこっち」

手招きしながら走り、アーチをくぐって、驚きに打たれた。

橋だ。真っ直ぐに延びた長い長い石橋の端っこに、イコは立っていた。端の反対側は、あまりに遠くてはっきりと見えない。

潮騒《しおさい》が聞こえる。石を積み上げた欄干《らんかん》から身を乗り出すと、鳥籠が下がっていた塔のてっぺんから下を見たときと同じように、くるりと目が回った。足元には青い海が横たわっている。頭上を雲が流れ、四方八方から海鳥の声が聞こえてくる。

耳のそばで風が鳴る。御印《みしるし》がはためく。

橋の両脇に設けられた石積みの欄干の突端に、石像が一体立っている。

その足元まで近寄って、イコは見あげた。少女を後ろに置き去りに、魅せられたようになってまばたきもせずに――

騎士の像だ。胸当てを着け、脛《すね》と甲を守る具足を帯びている。その上から膝まで届く丈のマントを羽織っているので、武装の細かいところは見えないけれど、たぶん、腰には剣をさげているのだろう。

兜《かぶと》もかぶっていた。神兵たちがかぶっていたのと同じ形だ。角がついている。先端が上を向いているが、向かって左側の角は折れてしまっている。

騎士の像はこちらを向き、橋の向こうに背中を向けて、マントの下に腕を隠して立っていた。闘いの像ではない。騎士を象徴する形としては、いっそおとなし過ぎるほどの〝思索〟の像だ。長い歳月、ここで風雨にさらされていたからだろう、像は全体に摩滅して、騎士の顔立ちもぼけてしまっているけれど、もともとの表情にも、猛々《たけだけ》しいものがあったとは思えない。

〝霧の城〟に仕えていた騎士の誰かを記念して作られたものなのだろうか。帝都《みやこ》にも、歴代の近衛《このえ》騎士団長や、この国を襲ったいくつかの戦役で功績を残した騎士たちの像が建てられていると聞いたことがある。どれも皆、馬にまたがり鞭《むち》を振り上げていたり、剣を構えて命令を発していたり、彼らの武勇と忠義を讃えて在りし日の姿をそのままに映した、素晴らしい像だという。

でもこの騎士の像は、ただ考え込んでいるだけのように見える。変わってる。

もっとよく見ようと、イコは騎士の向かい側の欄干の上に登ってみた。欄干の高さはイコの腰よりも低いけれど、足場は狭く、たったそれだけ登っただけで、さらに眼下の海面が遠くなり、一瞬ひやりと寒くなった。イコは上手にバランスをとりながら、騎士の像へと向き直った。

横顔を見ても、思いに耽《ふけ》るような表情に変化はない。マントの一部に、小さな染みが点々としている。血しぶき？　いや、ただの雨の染みかもしれない。

きっとすごく古いものだ。〝霧の城〟と同じくらい古いかもしれない。兜の角はいつ折れたのかしら。折れ目も、ぎざぎざがなくなってのっぺりとしている——

どきん。

イコは目を見張った。この角度から見ると、よくわかる。

この角は、兜にくっついてるものじゃない。

確かに騎士は兜をかぶっている。でも、神兵たちの兜とは違う。この騎士の兜は、うなじのあたりがちょっと長く延びた、お椀《わん》みたいな形をしているのだ。そして耳の上に丸い穴が開き、そこから角が外に出せるようになっている。

角は兜にくっついているのではなく、騎士の頭から生えているのである。

ニエだ。僕と同じだ。角が生えている。

ニエの騎士。これはいったいどういうことだ？

あまりに驚いたせいで、自分の立場を忘れてしまった。バランスを崩し、イコは欄干から落ちそうになった。視界いっぱい、海面がぐっと迫る。わっと叫んで両手を振り回し、かろうじて欄干の内側へと転がり落ちた。

はっと息を呑むような声が、間近で聞こえた。置き去りにされて、アーチ形の出口のそばに立っていた少女が、両手を口元にあてて怯えている。

「アハ、ごめんごめん」

イコはあわてて少女に笑いかけた。少女の手がゆっくりと下り、身体の両脇へと戻る。そして彼女は近づいてくると、立ち上がったイコに並んで立った。

騎士の像を仰いでいる。彼女が何かを正面からしっかりと見つめるのは、これが初めてじゃないか。

強い海風が少女の髪を乱し、睫毛《まつげ》も揺らしてゆく。二度、三度とまばたきを挟みながら、少女はじっと騎士の像に目を据えている。

「この騎士、僕と同じニエみたいなんだ」

イコは小声で言ってみた。

「僕と同じように、石棺に入れられたんだけど抜け出したのかしら。それとも昔は――この像はずいぶん古いものみたいだから、うんと昔には、ニエが〝霧の城〟に捧げられることがなくって、この騎士は騎士としてここに仕えていたのかしら」

少女のくちびるが、かすかに動いた。風のせいではない。何か呟いたのだ。名前――みたいに聞こえた。そう、うろ覚えの名前を、口に出して確かめるために、呼んだみたいに。

「君の知っている人？」

少女は答えない。イコは彼女の手を取った。すると、半ば予想し、半ばは恐れていたことが起こった。三度《みたび》、幻が訪れたのだ。

騎士の像が動き出した――

ゆっくりと首をよじり、騎士はイコの方に顔を向けた。兜《かぶと》の面《おもて》に穿《うが》たれた二つの穴の奥から、考え深そうなまなざしがこちらに注がれるのを、イコは感じた。

具足が触れ合って、かちかちと音を立てる。騎士は手すりの上から降りてきた。彼がイコの傍らに立つと、強い海風に、マントの裾がふわりとなびいた。

イコは何も言うことができず、ただ目を見張って騎士を仰いでいた。危険は感じなかった。恐怖もなかった。驚きも、最初の一撃が過ぎてしまうと、風に運び去られて消えてしまった。

ひどく懐かしいような、慕わしいような想いが、胸の底からこみあげてくる。なぜだ？　理由などないのに。この騎士の頭に生えている角のせいか？

騎士は右肩を動かし、腕を伸ばした。マントがさらりと動き、その下から肘のあたりまでが現れた。騎士が甲冑《かっちゅう》の下に着る、目のつんだ綿の衣服。その袖のところから、ぱらぱらと埃が落ちた。

出し抜けに、イコは悟った。

この騎士は石像じゃない。最初から石で造られた像なんかじゃないんだ。この人は、元は人間だった。血の通ったヒトだった。

北の禁忌の山の向こうにある、城塞都市と同じだ。何か邪悪な力が、あの都市をそうしてしまったのと同じように、このヒトを石に変えてしまったのだ。

騎士の手が、イコの右肩に置かれた。力強く、それでいて優しい指の感触が伝わってくる。驚いたことに、温もりさえも感じられるのだ。

そして騎士の目は、穏和な光をたたえながら、イコの瞳をのぞきこんでいた。顎《あご》まで届く兜の下で、その口元が頰笑んでいることを、イコは確信した。

まるで村長《むらおさ》みたいだ。イコに何かを説くときに、村長はいつもこんなふうにした。

いいかね、イコ、よくお聞き。

いや、それだけじゃない。この感じはまるで、まるで——

いい、いい、いい、お父さんみたいだ。

僕はお父さんというものを知らないのに、どうしてそんなことを感じるのだろう？

騎士の声が聞こえてきた。

——我が子よ。

イコの耳にではなく、心のなかに語りかけてくる。

——私の過ちを許してほしい。我が子よ。試練のなかにある私の子供たちよ。

騎士の手がイコの肩から離れた。彼はまた首をめぐらせ、イコが逃れてきた塔を見、長々と海を渡る古い石橋に目をやり、さらに遠く海原《うなばら》へと視線を遊ばせた。

その声がイコに語りかけてくる。

〝霧の城〟よ。

かくも強き悲憤。

かくも深き罪障《ざいしょう》。

かくも過酷な償《つぐな》いの長い刻《とき》。

我が咎《とが》は、千年の星霜《せいそう》を経ても消ゆることはなかった。

ここに封じ込められし不毛の歳月。

今も我が身を苛《さいな》み、繋《つな》ぎ止める。

しかし我が子よ。

騎士は再びイコを見返った。

——愛がなかったわけではないのだ。

そして騎士は悠然《ゆうぜん》と踵《きびす》を返し、肩の上のマントを背中へと払いのけると、古い石橋へと歩み寄った。彼の歩みに、風になびくマントが従い、鋼鉄のブーツが重々しく鳴る。

騎士は石橋を渡ってゆく。その後ろ姿が、石橋の上にたゆたう白い霧のなかに呑み込まれてゆく。

イコは声を取り戻した。「待って！」

走り出した。少女の手を取ったまま、前後を忘れてイコは駆け出した。古い石橋の上で、革のサンダルがひっかくような音をたてる。突然のイコの勢いに、裸足の少女はつんのめるようにして引きずられてゆく。

「待って！　待ってください！　あなたは誰です？　あなたは僕の――」

騎士の姿は白い霧のなかに消えた。

突然、足元から轟音《ごうおん》が湧きあがった。がくんと揺れて、イコは尻餅をつきそうになり、あわてて両手を振り回し、しっかりと摑んでいた木の棒と、少女の手を離してしまった。

すぐ足元で、石橋に亀裂《きれつ》が走り、みるみるうちに崩れてゆくのだ！　イコは空《くう》に身体を泳がせ、きわどいところで亀裂の向こう側へと倒れ込んだ。

あっという叫びが、背後であがった。石橋の亀裂のなかに、少女が落ちてゆく。手足が必死で宙を掻《か》くが、石橋の縁には届かない。砕けた石橋のかけらと一緒に、ドレスの裾と肩掛けをなびかせ、彼女もまた石のように落下してゆく。

イコは振り向きざまに身を投げ出して、石橋の縁ぎりぎりのところで少女の右手をつかんだ。少女の身体が大きく揺れ、足先が弧を描いて石橋の裏側の方にまで届きそうになる。

イコは、前に飛び込んだときの自分の身体の勢いで、ずるずると縁から下に落ちそうになった。革サンダルの爪先を立てて踏ん張り、左手で石橋の縁をがっきと摑んで、肩先まで宙に乗り出したところで、やっと止まった。

少女の両目は恐怖に焦点を失い、激しい風に乱された髪が、その白い顔をなぶっている。

「大丈夫、あわてないで！」

イコは少女を引っ張り上げにかかった。

「落ちないよ、大丈夫。僕がつかまえてるからね」

慎重に、慎重に。彼女の左手が裂け目の縁に届き、そこにつかまる。首まであがった。肩まで引っ張り上げた。上半身が裂け目の縁まで持ち上がった。

「よいしょ！」

少女はひと飛びで石橋の上にと戻った。裂け目の縁から充分に離れ、安全なところまで引っ張ると、イコはそこでやっと力を抜いた。少女も膝からへたへたと崩れた。

細い肩が震えている。瞳はまだ激しく動揺し、ざわざわと騒ぐ風の音に、少女の荒い呼吸音が混じる。

「こ、怖かったね」

気がつけば、イコも汗びっしょりになっていた。

「ごめんね。僕が急に走ったから」

少女はイコの顔を見ると、軽く目を伏せてかぶりを振った。

「〝霧の城〟は、すごく古いんだもんね。ここだけじゃない、建物が傷《いた》んで危なくなってる場所が、他にもあるかもしれない。これからは、もっと気をつけて歩かなくちゃいけないよね」

イコの言葉に、少女は大きく息をつくと、身体を起こした。古い橋の向こう側を見やっている。

白い霧はまだ流れているけれど、橋の上をだいぶ走ってきて近づいたから、橋の先に何があるのか、遠目に見えるようになった。また、封印の像だ。今度のは二体だ。仲良く並んで道を閉ざしている。

そちらへと歩いていったはずの、あの騎士の姿は消えていた。

イコは膝立ちになったまま、崩れた橋のあちら側——渡ってきた側を見た。手すりの上には、騎士の像が立っていた。こちらに背中を向け、マントに身を包んで。

騎士が動き出したように見えたのは、やっぱり幻だったのか。心に聞こえてきた声も、幻聴《げんちょう》だったというのか。

少女は立ち上がり、ドレスの裾をはらった。イコは彼女を見上げた。

「あの、石像」

イコが指さすと、少女は優雅に首をめぐらせ、騎士の像の方を振り返る。

「あの騎士は、元は人間だったんだよ。石像じゃなくて、人間が石にされて、あそこに立っていたんだ。僕、幻を見た――」

少女は答えない。手をあげて、目にかかる髪をそろそろと撫でつける。

「あの騎士も、〝霧の城〟に呪われて、ここに閉じこめられていたんだ。僕と同じニエで、ここの虜《とりこ》になっていたんだ。だけど、どうしてだろう？　どうしてあんな立派な騎士が」

頭のなかに、ゆっくりと手すりから降りてきて、石橋へと歩み去る騎士の所作がよみがえる。

「そういえば、あの騎士、剣をさげてなかったな……」

マントをはねのけたとき、鋼鉄の胸当てや腰垂れが見えた。でも、剣は帯びていなかった。少なくとも、あれだけの武装なのに、長剣を身に付けてはいなかった。

「君、さっき騎士のそばで、何か呟いてたよね？　僕には、名前を呼んでるみたいに見えた。それ、勘違いかな」

少女はイコに背中を見せたまま、ただ黙って立っている。蕭々《しょうしょう》と鳴る海風に、イコの声が聞こえないのかもしれない。

——我が子よ。

騎士はそう呼びかけてきた。イコの胸に、その切実な響きが焼きついて離れない。

——試練のなかにある私の子供たちよ。

イコは両親の名前も顔も知らない。それもしきたりなのだと、村長は言っていた。ニエの子を持った者は、その子を村長に託して、遠く離れなければならないのだと。もちろん親子の名乗りなどすることはできない。その必要もまたない。

僕のお父さん。イコは思った。お父さんもニエだったなら、大人になるまで生きていたということがあるはずない。僕と同じ歳になり、頭の角が成長したら、〝霧の城〟へ連れてこられ、あの石棺に入れられたはずだ。そしたら、僕のお父さんになれるはずもない。

——今も我が身を苛《さいな》み、繋ぎ止める。

ため息をついて、イコは立ち上がった。少女と同じようにして、膝についた埃をはらう。ついでに、傍らに落ちていた木の棒を拾い上げた。

「もう、あっちには戻れないね」

古い石橋には、ジャンプしてもとうてい届かないほどの亀裂ができてしまった。橋は絶え、死んだ。〝霧の城〟の一部が死んだのだ。

石棺が壊れたのと同じだ。御印《みしるし》の力が〝霧の城〟に及ぼしている影響。それは頼もしいことだけれど、一面では危険だ。本当に、これから先は用心しなくてはいけない。

「でも、戻ることなんかないんだもん、いいよね」

イコが言うと、ようやく少女が振り返り、かすかに頰笑んだ。その笑顔の、なんて可憐なことだろうか。満開の花の森が微風にそよぎ、無数の花びらを風に乗せる。少女の頰笑みはそれに似ていた。口元から、芳《かんば》しい花の香が立ちのぼるかのようだ。

二人は手をつなぎ、古い石橋を渡った。その先では、封印の石像が無表情の下に謎を隠して、二人を待っていた。

6

再び宙を稲妻が駆け、石像はあっさりと動いて道を開けた。少女はまぶしそうだった。彼女自身、どうして自分が近づくと石像たちが動くのか、その力がどこからくるのか、まったくわかっていないようだ。困惑して、怖がっているようにも見える。

「それ、痛くないの？」

イコは心配になった。稲妻は少女目がけて走るわけではないけれど、像と少女のあいだに出現するのだ。

「ビリビリとか、しないの？」

少女は、イコに問われている意味がわからないようだ。言葉の壁は大きい。

小さな木の扉と、部屋の内壁をぐるりと巡る階段。上に通じているようだ。

幸い、木の扉はすぐに開けることができた。

「待っててね。様子を見てくるから」

今でも充分に高いところにいるのだ。できればさらに上にのぼるようなことは避けたい。出口を探すなら、下へ下へと向かうように心がけねば。イコはそう考えた。

ところが、扉をくぐった途端、イコは落胆した。そこは狭いベランダで、かなりの距離を隔てて、対岸にも同じようなベランダが張り出している。かつては橋か通路があったらしいが、今では何もない。目眩《めまい》のするような空間が、足元にぽっかりと開けているだけだ。

縁に立ってのぞきこむと、遥《はる》か眼下には緑の木立と、白っぽく乾いた地面が見えた。城の内庭かもしれない。庭を横切ると、対岸の建物の出入口らしい扉へ行くことができそうだけれど、この高さではどうしようもない。

結局、あの階段をのぼるしかないか。がっかりして扉へ戻ろうとしたとき、少女のかすれた悲鳴が聞こえた。

イコは駆け戻った。部屋に飛び込み、ぎくりとして立ちすくんだ。

黒い煙の怪物たちだ。いつの間にか現れて、腐肉にたかるハゲタカさながらに、わさわさと少女を取り囲んでいる。狭い部屋の片隅に、ぐるぐるとした黒い渦も出現している。

カッと頭に血がのぼり、イコは木の棒を振り立てて怪物たちに突進した。台座の間で見たのと同じ、角の生えた大柄な煙の怪物たちが何体も、ひょこひょこと卑《いや》しい足取りでイコの攻撃をかわし、底光りのする白い目をぎろぎろさせては、ふわりと避けてまた少女にまといつこうとする。しかしイコは、もう怖くなかった。こいつらの正体が何であれ、たかが煙の塊だ。何度出てきても、何十体出てきても、みんなやっつけてやる！

「こいつめ、こいつめ、こいつめ！」

これでどうだ！　と、ぶんぶん棒を振り回して、煙が消えてゆくのを見届けると、スッとした。しかし渦はまだ消えていない。白く光る一対の目玉になった怪物の芯も、まだふらふらと宙を漂っている。

と、そのとき、少女がきゃっと叫んだ。見ると、翼のある鳥に似た煙の怪物が、彼女のドレスの襟をつかんで舞い上がったところだった。イコは総毛だった。こいつら、飛べるのか？　少女はじたばたともがきながらも、階段の上へと運ばれてゆく。ということは、下からは見えないけれど、階段の上にも黒い渦があるのだ。まずい！

イコは階段を駆けのぼろうとした。やっつけた怪物の残り物、煙の帯がすっと鼻先をかすめ、漂っていた一対の白く光る目が、イコの頭上をかすめるように行き過ぎながら、

——邪魔をするな。邪魔しないでくれ。

ぞっとして、イコは棒を握りしめた。怪物たちの声か？

——おまえは我らの仲間だのに、どうして我らを阻もうとするのか。どうして慈悲を垂れてはくれぬのだ。

声はひとつではなかった。そこからもここからも、重なり合い響き合い、請うように怒るように、諭すように聞こえてくる。

間違いない。部屋のなかを徘徊《はいかい》し、飛び回り、イコの周囲を巡りながら、怪物たちが呼びかけてくる声だ。

おまえは我らの仲間だのに。

——仲間。ぼ、僕の仲間。

「違う！」

叫びながら、イコは棒を振り回した。イコの進路に立ちふさがっていた煙の怪物は、角のある頭をひょいとかしげて、卑屈な猫背もそのままに、実体のない不気味な身軽さで脇に飛び退くと、イコを見おろした。

——いいや、おまえは我らと同じだ。なぜならば我らもニエなのだから。

——この頭の角こそ、その印。

——我らはあの石棺で果てた。身体は朽ちても、魂はこの呪われた城に留まり、永遠の生なき年月を、冷たい塵芥《ちりあくた》にまみれて過ごしてきた。

——我らは〝霧の城〟に繋ぎ止められ、また〝霧の城〟を繋ぎ止める。

——我らの邪魔をせんでくれ。

イコはぜいぜいとあえぎながら、それでも何とか棒を構えていた。でも、手が震えて狙いが定まらない。

少女を連れ去った翼のある怪物の影が、頭上から消えた。ああ、いけない。早く助けなきゃ。

——幼きニエよ、御印《みしるし》に守られし幸運の子よ。どうか我らの邪魔をせんでくれ。我らに憐れみを垂れてくれ。

「ウソだ……」

がくがくする顎《あご》を懸命に嚙みしめて、イコは呟いた。それから、今度は大声で言い返した。「そんなの、みんな嘘だ！」

胸いっぱいの呼気を怒鳴り声にして吐き出してしまうと、息を止めたまま階段を駆け上がった。のぼりきったところの狭いフロアの真ん中に、黒い煙の渦が煮えたぎっていた。少女はもう、顎の下までそのなかに消えてしまっている。

棒を放り出し、イコは両手を肘《ひじ》まで渦のなかに突っ込んで、少女の細い肩をつかんだ。少女の瞳は渦の色を映して暗く沈み、その白く輝く身体も、すでに渦と一体になりかけていた。それでも彼女が駆けつけてきたイコに気づくと、かすかな希望と哀願がその上に閃《ひらめ》いて、小さな火花のように輝いた。

「頑張れ！　ほら、もうちょっと！」

少女の上半身が渦から出た。彼女の手を取って引っ張ろうとしたとき、イコは後ろから突き飛ばされて、渦の向こうへと頭から転んでしまった。怪物だ。渦からあがろうとしている少女の上に立ちはだかっている。少女は半ば口を開け、声にならない悲鳴をあげながら、視界をふさぐ煙の怪物を仰いでいるだけ。怪物の白く底光りする目玉に見入ってしまっている。

怪物は少女を見つめてかぶりを振っている。

見つめ合う二対の目と目。少女の身体がまた渦のなかに沈んでゆく。ゆっくりと、でも確実に。怪物はかぎ爪の生えた両手を広げ、しかし少女を脅しているというよりは、むしろ懇願《こんがん》するかのように首を縮めている。

愕然《がくぜん》としながらも、イコは悟った。怪物は少女にも話しかけているのだ。イコに呼びかけたのと同じように、呼びかけているのだ。少女はそれに耳を貸してしまっている。

何を？　何を話している？　何を聞いている？　何が彼女を説得している？

彼女のほっそりした顎の先が、煮えたぎる黒い煙に浸る。渦の縁につかまっていた両手が、ゆっくりと離れてゆく。

怪物はうなずく。そしてその醜い両手が胸の前に合わさり、少女に感謝を示すように、指が組み合わされて、怪物の目と目の間へと掲げられた。

祈っているのだ。少女のために。

少女の頬が半ばまで、渦のなかに沈んだ。見開かれた大きな瞳は、あの優しい栗色ではなく、渦の色の漆黒に染まっている。渦もまた、彼女を説き伏せているのだ。

少女は諦めてしまった——

イケナイ。

イコの頭のなかに、声が聞こえた。それが誰の声なのか、思いをめぐらす隙もなく、目の裏いっぱいに幻像が見えた。

少女が沈んでゆく。ついに頭のてっぺんまで渦のなかに消え、さらさらと美しい髪の一筋が風にふわりとなびいたかと思うと、それも沈んで見えなくなる。その瞬間、ぐつぐつと煙を沸き立たせる黒い渦の芯から、封印の像を動かすときに似た、まばゆい閃光《せんこう》が放たれる。光が空を走る音が聞こえる。

閃光は輪になって空を飛ぶ。それに打たれて、怪物たちは瞬時に蒸発する。黒い渦もかき消える。そしてイコは——閃光はイコの身にも届き、

(あっ!)

思わず両手を前に、眩《まぶ》しい光から目をそむけ、驚きの声をあげたその姿勢、その表情のままで——

イ、コは石と化す。
あの城塞都市の人びとのように。

古い石橋の手すりに佇《たたず》む騎士のように。

イケナイ。

再び聞こえたその声は、切迫した警告だ。

幻像が消え、そこから解放されると同時に、イコは胴震いをひとつして、うおおっと吠《ほ》えながら少女に向かって突進した。少女はもう額しか見えない。沈んでゆく。もう沈んでしまう。

やみくもに渦のなかに突っ込んだ手が、少女の柔らかな頬に触れた。首に触れた。イコはひっかくようにして彼女をつかみ、死にものぐるいで引っ張り上げにかかった。肩掛けをつかむことができた。少女がもがくように動かした腕に触れた。

「駄目だ、駄目だ、駄目だよ！　そんなの駄目だ！」

少女の顔が渦の上に飛び出した。黒い渦に溺れかけて、必死で息を吸い込む。その恐怖の表情が、イコに鞭《むち》をくれた。助けるんだ。絶対に助けるんだから！

無我夢中だった。ようやく少女が黒い渦の縁に這い上がると、イコは歯を剝《む》き出し、唸るような声をあげて、まわりをうろつく怪物たちを威嚇《いかく》した。そしてぐったりと両手を床についている少女の身体に両腕をまわし、満身の力で抱きかかえると、さっとフロアの縁から階下へ飛び降りた。

イコも少女も、階下の石の床の上に尻餅《しりもち》をついて、壁際に着地した。イコは少女をそこに残すと、落ちた木の棒をひっつかみ、振り回した。勢い余って壁を叩き、肘がじんと痺《しび》れる。それでもイコは止まらなかった。棒に薙《な》ぎはらわれて、怪物たちが煙に戻る。翼の怪物が、床にたたき落とされる。イコは、大声でわめいたり叫んだりしながら、凶暴に暴れ続けた。

そしてふと見ると、床の上の黒い渦がゆっくりと蒸発してゆく。残っていた怪物たちの目から光が失せ、漂う煙へと還ってゆく。襲撃は終わった。

息を切らせ、震えながら立ちすくみ、イコは自分の頬が濡れているのに気づいた。暴れながら泣いていたのだ。

棒を握ったままの腕が、がくりと下がる。棒の先端が床にあたって軽い音がした。振り返ると、壁際の少女は、膝を折って座ったまま、両手で顔を覆っていた。その白い指が動き、組み合わさって、額にあてられる。さっき怪物がしていたのと、同じ仕草だ。そして、彼女もまた祈っている。ただ、それは懇願ではなく、許しを請い詫《わ》びているように、イコには見えた。

出口の探索を続けるために動き出すことが、なかなかできなかった。ずっとこの部屋にいたら、また怪物たちが現れるかもしれない。でも、新しい場所に出れば、そこにだってまた先回りしているかもしれない。怪物たちはイコのように、手探り足探りで〝霧の城〟を彷徨《さまよ》っているわけではないのだから。

それでも、ずっと座り込んでいるわけにはいかない。陽のあるうちに、脱出することはかなわなくても、せめてもう少し低いところまで降りなくては。

声をかけて少女を促し、でもイコは、彼女と手をつなぐことができなかった。怖かったのだ。

心は千々《ちぢ》に乱れ、イコの小さな身体中に散らばって、それぞれに震えている。だからイコ自身にも、自分の考えがどこにあるのかさっぱりわからなかった。〝霧の城〟の謎は深く、少女の手を取ると見える幻は、その解明へとつながるものであるのかもしれない。知りたい。でも恐ろしい。知ってしまうと後戻りできなくなるような、イコがイコのままでいられなくなるような、これは恐ろしい謎なのだ。

継母《まんかか》さまのお顔を思い出そう。トトの陽気な声を思い出そう。みんなのところに帰るんだ。トクサの村に戻るんだ。

——我らに憐れみを垂れてくれ。

——おまえは我らの仲間だのに。

ともすると、懐かしいトクサの村への想いを押しのけて、怪物たちの哀願が耳に蘇《よみがえ》ってくる。

我らは〝霧の城〟に繋ぎ止められ、また〝霧の城〟を繋ぎ止める。それはいったい、どういうことだ？

——我らの邪魔をせんでくれ。

怪物たちは、少女を捕らえ、黒い渦の底へと引っ張り込もうとしている。それが、彼らの言う〝霧の城〟を繋ぎ止めることなのか？　だから、イコが少女を助けることは、彼らの邪魔をしていることになるというのか。

だとしたら、この少女は何者なのだ。

隣の部屋に移ると、そこにはまた大きな段差があった。段差の上には広々としたテラスがあり、高い天井を、角張った柱が何本も立ち並んで支えていた。イコは、身体が疲れているというよりも心が萎《な》えて、この段差を登るのに、たいそう苦労をした。先に進みたくないという気持ちを、どう抑えても抑えきれないのだ。

やっとこさよじ登ると、今度は少女に呼びかけた。彼女はなかなか近づいてこなかった。

「どうしたの？　ここを登らないと、先には行けないみたいだよ」

少女は躊躇《ためら》っているという以上に、嫌がっているという感じがした。

「この先に、何かあるの？」と、イコは訊ねた。そして、深く考えるよりも先に、おそらくは千々に乱れた心の断片で、そのときいちばんイコの口の近くにあったものが発した問いを、そのまま言葉にしてしまった。

「君は、この城のことをよく知ってるんじゃない？　そうだろ？」

言ってしまった言葉に、自分で驚いた。何でそんなことを思いついたんだ？

少女は段差から離れたところに立ち、イコを見上げている。裸足が石の床を踏み、彼女は背中を向けた。来た道を戻ろうとしている。

「もう、一緒に逃げ出さないの？　君はここに残るっていうの？」

隣の部屋へと通じるアーチの前で、少女は立ち止まった。

「また怪物たちに襲われるよ。あいつら、君を狙ってるんだ。わかってるんでしょ？」

うなだれて、きれいなうなじが見える。少女はアーチの縁にそっと手をかけた。

そして、するりと出ていってしまった。

イコはぽつりと取り残された。両腕で身体を抱き、段差の上に立ち、立ち並ぶ柱の間からさしかける明るい陽光を背中に受けて、その姿は、古い石橋の上に佇んでいた騎士の像に似て見えた。

今度は別の心の断片が、イコの口元を動かした。「行っちゃダメだよ」小さな呟き。それが呼び水になった。イコは両の掌を丸めて口元にあて、深く息を吸い込むと、呼びかけた。

「おーい！」

狩人たちが森の狩り場で呼び合うように。

「おーい！」

白い影のようなほっそりとした少女の姿が、アーチの向こうにぼんやりと浮かんだ。

イコは身体を折り、バランスを崩さないように気をつけながら、精一杯乗り出して手を伸ばした。「一緒に行こうよ。ね？」

少女は近づいてきた。頼りない足取りにはまだ迷いがあったけれど、イコが少女の手を取ると、彼女はその手を握り返してきた。力は弱かったけれど、確かに握り返してきた。

柱の間を通り抜けると、天井が失くなった。テラスではなくて、もっと広い。この棟の屋上に出たのだ。物見用だろうか、狭い一角だけれど、階段をあがって、さらに高くなっている場所もある。

眩《まぶ》しい。青空が鼻先に見える。一片の日陰もない場所に、初めてたどりついた。

「展望台みたいだね」

イコは少女に話しかけた。少女は陽光に目を細め、風が髪と肩掛けを優しく撫でている。ここの風は、もう潮風ではなかった。森の匂いを含んでいる。海鳥の声も聞こえない。

階段をあがって一段と高いところからながめると、美しい緑の木立を囲んで、建物がコの字形に建っていることがわかった。陽射しを手で遮りながら見回すと、展望台を横切り、反対側の階段を降りると、そこに細い通路のようなものがあるとわかった。

走って、そこまで行ってみた。ただの通路ではなかった。言ってみれば、そう、駅だ。通路が張り出しているすぐ下に、長々と線路が延びている。

帝都《みやこ》には、線路を使う乗り物があるそうだ。話を聞いたことはあった。本のなかに絵が載っているのを見せてもらったこともある。馬や牛が車を引いて、けっこうな速さで線路の上を走るのだそうだ。

イコは線路に飛び降り、道なりに右手の方へ歩いてみた。すぐに、ここでは何が線路の上を走っているのかわかった。突き当たりに、蓋のない小さな箱みたいなトロッコが停まっていたからだ。トロッコなら知ってる。宿場町の先の小さな鉱山で、銀を運び出すのに使っているから。

車輪はちゃんと線路の上に乗っている。イコが飛び乗ると、小さなトロッコはぎしりとかしいだ。レバーがついていて、それを動かすと、トロッコが前後に揺れた。なるほど、これを上げ下げすると走るんだ。

急に元気が出てきた。これに乗ってどんどん走れば、怪物たちが出てきたって振り切れるぞ!

7

「おーい!」

イコはトロッコを走らせながら、元気よく少女に呼びかけた。ぴょんぴょんと飛び跳ねるようにしてレバーを動かし、爽快《そうかい》な風を楽しみながら。

少女はトロッコ駅の、石敷きのプラットホームの端にしょんぼりと立っていたが、イコの声を聞きつけると、振り向いて目を見張った。イコは手を振った。

「おいでよ！　ほら、乗って乗って！」

少女に手を貸してプラットホームから助けおろすと、トロッコの上に引っ張りあげる。少女は珍しそうにトロッコの箱を見回し、イコの隣に並ぶと、箱の縁を両手でつかんだ。

「そうそう。しっかりつかまっててね。よし、出発！」

トロッコは走り始めにはぎしりと軋《きし》るけれど、一度車輪が廻り出してしまうと、長い年月風雨にさらされながら放置されていたとは思えないほど軽やかに動いた。スピードがあがると、少女はちょっと怖くなったのか、箱の縁につかまったまましゃがみこんでしまった。イコは笑いながら、片手をレバーから離して少女の手を取った。

「大丈夫だよ。風が気持ちいいよ！」

線路は建物の縁に沿って、一直線に走っている。イコは胸をそらし、大きく吸い込んだ息が身体のいちばん深いところを通り抜けてゆくのを感じた。涼やかなこの風の流れが、身体のなかを洗い浄めてくれる。疑問や疑念、恐怖や猜疑《さいぎ》、先行きの知れぬ不安までも。

先の方で、線路が緩やかに右にカーヴしているのが見えてきた。イコは少しスピードを落とした。そして御印《みしるし》を風にはためかせながら、隣の少女に笑顔を向けた。

少女はいなかった。

白いドレス、つぶらな瞳、すんなりとした柳のような肢体《したい》の少女の代わりに、そこにいたのはイコよりもまだ幼い女の子。三歳？　いや四歳？　やっぱり白いドレスを着ているけれど、その丈は幼い女の子のくるぶしにかかるほどに長い。ドレスの袖と肩掛けはなくて、きれいな花模様の刺繡《ししゅう》のある襟《えり》がついている。女の子の髪は長く、頭の後ろでひとつに束ねて、子馬のしっぽのようなその髪の束が、艶やかな亜麻色《あまいろ》に輝いている。

幼い女の子は小さな手でトロッコの縁につかまり、声をたてて笑っていた。その瞳も栗色だが、今ははじけるような喜びの色を映して、ほとんど琥珀色《こはくいろ》に明るく輝いていた。

「速い、速い！」

女の子は歓声をあげた。

「お父さま、お父さま、トロッコ速いね！」

視界が流れる。女の子の楽しげな声が、イコの耳元を通りすぎる。でも視界のなかの女の子は、イコに向かって話しかけている。イコのことを知っているかのように——いや、女の子の目には、イコがイコではなく、別の人物に見えているのかもしれない。

それとも……この光景全体が幻なのか。

女の子ははずんだ声で、ねだるように問いかける。

「この次も、お帰りになったら、またトロッコに乗せてくださる？　約束よ？　きっとヨルダと一緒に遊んでくださる？」

トロッコは疾風のように進み、イコは何か言おうとして口を開き、風で舌が乾くのを感じた。

少女の声が喜びにはじける。

「お父さま、ヨルダ、お父さまが大好き！」

はっと身じろぎして、イコはまばたきした。

隣には少女がいた。イコの手を握ったまま、片手でしっかりとトロッコの箱の縁をつかみ、小首をかしげている。

線路がカーヴしている地点が、すぐそこに迫っていた。イコはあわててレバーを動かすのをやめた。トロッコはがくんと抗議するように揺れ、減速した。そして、惰性《だせい》で傾きながら、滑るようにカーヴへとさしかかった。

今のは何だ？　また幻か？　だけど、あまりにも現実との継ぎ目が滑らかで、どっちがどっちだか見分けがつかないほどだった。

あの幼い少女は何者だろう。イコの隣にいる、イコよりも背の高い、イコよりも大人びた、お姉さんのようなこの少女とは別人なのか。幻像は何を意味しているのか。

僕は目を開いたまま夢を見ていた――

まるで、誰かの思い出のなかに飛び込んだみたいだった――そう、あの幼い女の子の、楽しい過去の思い出に。

（お父さまが大好き！）

トロッコはカーヴを曲がる。線路の縁は断崖になっていて、その下には何もない。足元まで青空が広がっているだけ。ああ、もっともっとスピードを落とさなくちゃ。

そして再度目をあげたとき、イコはトロッコの右手の壁の上に、あの黒い煙の怪物たちが、まるでトロッコを見送るように、何体か佇《たたず》んでこちらを見おろしていることに気づいた。一瞬の通過。それでも、彼らの底光りする白い目が、走り過ぎるトロッコを追いかけて、ゆっくりと視線を移すのが見えた。

追いかけてはこない。ただ、見送るだけ。

なぜかしら、ひどく淋しげに。

それとも、今のもまた別の幻像なのだろうか。イコはありもしないものを見て、ありもしない声を聞いたのか。

さらに進むと、トロッコの線路の行き止まりが見えてきた。駅がある。終点だ。イコは慎重にレバーから手を離した。トロッコはスピードを落とし、がらがらと車輪の音もやかましく、やがてぴたりと停まった。

つかの間、駅のプラットホームに登ると、そこにまた黒い煙の怪物たちが待ち受けているような気がして、イコはひるんだ。が、それは思い過ごしだった。誰もいない。何もいない。うらうらと明るい陽の照りつけるプラットホームの先に、アーチ形の屋根をつけた通路が見える。また先に進めるようだ。

イコは少女の手を引っ張り、トロッコから降りた。彼女と手をつなぎ、一瞬、

(君の名前はヨルダっていうの？)

問いかけが喉元まであがってきたけれど、イコはそれを呑み込んだ。言葉は通じない。通じないんだ。

アーチ形の通路を抜け、吹き抜けのある短い廊下を渡ると、大きな石柱の立ち並ぶテラスに出た。そこを抜けると、さらに広大で天井の高い大広間へとたどりついた。

天井の中心に、数え切れないほどの燭台《しょくだい》を擁《よう》した巨大なシャンデリアがさがってい る。格子型に張り巡らされた太い梁《はり》が、シャンデリアを支えている。イコはぽかんと口を開け、こみあがってきた驚きが頭のてっぺんから蒸発してしまうまで、うんと時間をかけて広間の隅々までも観察した。

二人は、回廊に囲まれたこの大広間の二階の入口に立っていた。目の前には、広間の反対側へと通じる橋がかかっている。少女の手を離し、足元を一歩一歩確かめながら橋の真ん中あたりまで進んで、手すりにつかまりながら下をのぞいてみた。ところどころに、うち砕かれ、腐食《ふしょく》した家具の残骸《ざんがい》が見える。倒れた燭台、大きな台座と、その上に飾られていたのであろう女神像。やっぱり床に倒れて、壊れてしまっている。

大広間はほぼ円形で、一階の、イコが立っている橋を渡りきったところの真下に、両開きの扉があった。左右どちらの扉もいっぱいに開け放たれて、戸外の陽射しがさしかけ、前庭なのだろうか、青々と輝く芝生の一部がちらりと見える。

トロッコの線路は、いくらか下降していたのだ。あれほどスピードが出たのも、そのせいだろう。ずいぶんと下まで降りてきたのだ。

イコの心を安堵の波が洗った。あの両開きの扉から、外に出られる。

ただ問題は、この橋の上、二階の回廊から、下の大広間まで降りる術《すべ》がないことだ。この階段は、あくまでも広間の天井近くを横断しているだけで、階下へ降りるためのものではない。飾り廊下みたいなものだ。そう、昔この城で、舞踏会とか戦勝の宴とか、華やかな集まりがあったときに、着飾った貴婦人や騎士たちが、この回廊や橋を行き来して、階下に集まった宴席の客たちと、手を振りあったり言葉を交わしたりしたのだろう。大広間の下と上で、乾杯の声や歓声が交差して――

もしも〝霧の城〟に、そんな時代があったとしたならばの話だが。

もう少し先まで進んでみると、この橋もまた年月の重みに耐えきれず、あちらこちらがひび割れて、壊れかけていることがわかった。とりわけ、反対側に渡りきるあたりの、回廊との継ぎ目部分がとても危ない。長さはイコの肘から手首ぐらいまで、幅はイコの掌ほどもある裂け目ができていて、隙間から下が見える。指先で突っついてみると、裂け目から石の細かいかけらがぱらぱらと階下へ落ちた。

走ったりせず、静かに少女のもとに引き返すと、イコは首を振った。

「すごく豪華な大広間だけど、変な造りだね。これじゃ下に降りられないよ。どこか別の道を探さなくちゃ」

意味が通じたのか通じないのか、少女もそっとかぶりを振った。

「ロープでもあればいいんだけどね……。しょうがないや」

気を取り直して、イコは少女に手を差し伸べた。少女はちょっと躊躇《ためら》った。それからイコと手をつないだ。

「回廊の端っこから、壁を伝って降りられないかなぁ」

言いながら、イコは何気なく首をめぐらせた。すると、右手の回廊を、白い袖無しのドレスを着たあの幼い女の子が、亜麻色《あまいろ》の髪のしっぽをなびかせて、ころころと走ってゆくのが見えた。

ああ、また幻だ！

思う間もなく、幼い女の子はドレスの裾を踏んで、ぺたりと転んだ。きゃっと声をあげ、両手をついて、泣き出した。

彼女の後を追うように、縁取りのある緩やかな短着《チユニツク》をまとい、裾のゆったりとしたズボンをはいた男の人が、回廊を歩いてゆく。彼は幼い女の子が転ぶと、足を速めて近づいた。そして両手を差し伸べて、

（おやおや、そんなに走るからだよ）

幼い女の子を抱き上げ、肩の高さよりも高く持ち上げると、

（ヨルダはずいぶんとお転婆さんになったのだね）

優しい声でそう言って、左腕で軽々と少女を抱き取ると、右手で少女の頬に触れた。慰《なぐさ》め、慈《いつく》しむようなその手つき。少女の涙を拭ってやるその指に、凝《こ》った紋章の彫り込まれた大ぶりの指輪が光る――

今度こそ、自分でも顎《あご》ががくんとするのがわかるほどに強く身を震わせ、イコは少女の手をふりほどくと、鞭《むち》のように素早く反転して飛び離れた。その動作があまりに荒々しかったので、突き放された少女がよろめいた。

「き、君は」

言葉が通じないことも忘れて、イコは呼吸を詰まらせながら言った。

「君は誰なんだ？　さっきから、君と手をつなぐと、いろんなものが見えるんだ。幻だけど、本物みたいにはっきり見えるんだ。それもみんな、この〝霧の城〟のなかのことだよ。昔のことが、目の前に見えるんだ。君は誰なの？　ここに住んでいたの？」

一気に吐き出しながら、イコはようやく確信した。さっきからイコの目に見える幻、時にイコを包み込みそうなほどありありと現実的な幻像は、この少女の〝思い出〟なのだ。なぜかはわからないけれど、少女と手をつなぐと、イコにはそれが見えるのだ。

「君の名前はヨルダっていうんだね？　そうだろ？」

拳を握って少女ににじり寄り、イコは問いつめた。

「小さいころは、もっと髪が長かったろ？　君はこの回廊を走ったり、トロッコに乗ってはしゃいだりしてた。それに君には優しいお父さんがいて——」

イコよりも背の高い少女は、詰め寄るイコを見おろしながら、そっと左右に首を振った。

わからないという意味なの？

それとも、違うという意味なの？

焦《じ》れた気持ちが、ようやく言葉になった。

「首を振ってるだけじゃ、通じないよ！」

イコの大きな声が、天井にまで反響した。どっしりとしたシャンデリアが、イコの叫びに、わずかに揺れたようにさえ思えた。

それでも少女は答えなかった。ただかぶりを振り、音もなくイコのそばをすり抜けて、階下に降りるには役に立たない、壊れかけた橋へと足を踏み出してゆく。

彼女はあの危険な裂け目のあたりまで行くと、しばし足を止め、じっと下を見おろしていた。それから、シャンデリアの真下にまで戻ってくると、そうっと指を立てて頭上をさした。

「何？　何だよ？」イコは、すぐには彼女のそばに近寄らなかった。「何だっていうの」

少女は指を立てる。どうやら、シャンデリアをさしているようなのだ。

「あれをどうかしろっていうの？」

当てずっぽうで、腹立ちまぎれに問い返すと、少女はうなずいた。

「どうしろっていうのさ」

イコは両手を腰にあて、少女を睨《にら》んだ。少女は手を下げて、叱られたみたいに肩を落とした。

怖いのも嫌だけれど、怒るのはもっと嫌だ。だって、怒るとすぐに悲しくなるから。イコは自分で自分に苛立《いらだ》ちながらも、腹立たしい気分がすうっと消えてゆくのを感じた。

「よく、わかんないけど」そう言って、ほっとため息をついた。「わかったよ。ちょっとあのシャンデリアを調べてみるよ。だからこっちへ来てなよ。真下にいると、危ないよ」

少女はするすると走って戻ってきた。イコは回廊をぐるりとめぐり、突き当たりまで行って、壁を調べた。窓枠と壁の出っ張りを上手に利用すれば、梁《はり》のあるところまで登れそうだ。

実際、やってみると難しい作業ではなかった。すぐ梁に手が届いた。埃っぽくて、するする滑る。慎重に身体を引っ張り上げると、梁の上に立った。梁はしっかりとイコの体重を支え、楽に歩けるほどの幅があった。革のサンダルの足跡が、白い埃の上にくっきりと残る。

シャンデリアのそばまで行くと、イコはしゃがみこみ、シャンデリアを固定している金具を確かめた。いくつもの留め金で、厳重に梁に取り付けられている。が、そのうちの半分ぐらいは腐食して外れており、あとの半分も危なっかしく歪んでいた。

驚いた。あの娘《こ》、どうしてこんなことに気がついたのだろう。

（うっかり橋を歩くと、頭の上からシャンデリアが落ちてくるかもしれないから危ないって、僕に教えてくれたのかな？）

イコは、梁から足を滑らせないように注意深く重心を移動させ、首を伸ばして、シャンデリアの縁越しに下を見やった。少女はイコに言われたとおり、この大広間の中空を横切る橋の端っこにいて、心なしか心配そうな表情でこちらを仰いでいる。

イコはちょっと手を振ってみた。少女は手を振り返さなかった。今度は、何かしら指示らしい仕草をしてくれるわけでもない。

イコは梁に腰をおろし、天井のいちばん高いところから足をぶら下げて、しばし休んだ。薄暗く涼しいこの梁の上で、少女と離れて、ほっとした。それは不親切で冷たいことだけれども、今この瞬間には、ごく正直な本音でもあった。

石棺の間からこの大広間まで、無我夢中で〝霧の城〟のなかを駆け下りてきた。ゆっくり考えるどころか、静かに呼吸をする余裕さえなかった。今はその貴重な時間だ。

自分でもそれと気づかないうちに、掌《てのひら》で御印《みしるし》を撫でていた。そうすると心が安まり、慰めと力を得られるような気がした。僕はここから出ていくんだ。そして、みんなが待っているトクサの村へ帰るんだ。必ず帰れる。だって御覧よ、もう外へ通じる扉がすぐそこに見えている。どうにかしてここから下に降りられれば、あの陽光をはじいて青々と輝く芝生の庭に出ていくことができるんだ。

あの娘の正体とか、煙の怪物たちの謎めいた言葉については、外に出てから考えればいい。村長《むらおさ》なら知ってるかもしれない。訊いてみればいいんだ。

考え込むことなんかない。あの娘と手をつなぐたびに現れる幻像なんか、気にすることはない。だって、あれもまた、〝霧の城〟が僕を怖がらせようとして見せているだけのものかもしれないじゃないか。そうだよ。あの娘には全然関係のないことかもしれない。

それなのに、どうしてこんなに胸騒ぎがするんだろう？　何かこっぴどい間違いをしているような気がして仕方がないのはなぜだろう。変だよ。

まるで、胸の奥に真っ暗なものが巣くっているみたいだ。それが繰り返し繰り返し囁《ささや》きかけてくる。そうだ、煙の怪物たちだ。あいつらと闘ったときに、あいつらの一部を吸い込んじゃったんだ。それが胸に宿って、僕の心を内側から黒く染めようとしているのだ。そうに違いない。

聞こえてくる。胸の奥底の声。

おまえはここから逃げ出すことはできない、い、い、い、い、い、い、い。

いや、違う。ホントはこう言っているのだ。

おまえはここから逃げ出してはいけない、い、い、い、い、い、い。

あの少女を連れ出してはならない、い、い、い、い。

彼女を、元のあの檻《おり》のなかに戻してしまえ。あの娘は〝霧の城〟のものなのだ。だからこそ、あの娘の思い出が、この城には満ちているのだ。触れれば鮮明に蘇る。

「ああ、うるさい！」

イコは声に出して言った。身体の内側から囁きかけてくる声を、自分の大声で遮《さえぎ》ったつもりだった。そしてきっと顔をあげた。

そのとき、見た。

シャンデリアの真下、広間の空をよぎる大きな橋。凝った彫刻がほどこされた手すりから、何かがぶら下がっているのだ。いくつも、いくつも。

それらの足が、宙にゆらゆらと揺れている。

人だ。何人もの人たちが、手すりからぶら下がっているのだ。頭を上に、両足を宙に。

いったい何をやっている？　イコは目を見開いた。そして、心の底を木槌《きづち》で打たれたみたいな強い衝撃と共に悟った。首吊りだ。この人たちはみんな、手すりで首をくくっているのだ。

軽鎧《けいがい》を身につけた騎士がいる。警備兵だろうか。白い法衣のようなゆったりしたローブをまとった婦人もいる。着飾った若い娘もいる。袖口とズボンの裾を紐でくくり、頭には日除けの帽子をかぶった農夫らしい男もいる。

どの顔も青白く、苦痛に歪んでいる。食いしばった口元から、青黒い舌をはみ出させている者もいれば、断末魔の恐怖をそのままに、両手の指をかぎ爪のように曲げて、首に食い込むロープをかきむしったまま事切れている者もいる。剝《む》き出《だ》しになった腕や足の脛《すね》が、血にまみれている。ああ、見える。ぽとりぽとりと血が垂れている。

その光景は、かつては無数の燭台を灯し、その光をクリスタルガラスに映して輝いていたであろう堂々たるシャンデリアの下に、もうひとつの奇怪な、長い橋の形をしたシャンデリアが出現したかのようだった。燭台の代わりに大勢の人びとの亡骸《なきがら》をぶら下げ、光の代わりに彼らの血を、足元の広間の床へと滴らせている。

この広間で行われていたのは、ただの舞踏会なんかじゃない。

これも幻なのか？　なんでこんなものが見えるんだ？

亡骸たちは、右に左に揺れている。その下を、宙に林立する死者のロウソクの真下を、古い石橋のところで出会ったあの騎士が、今、ゆっくりと通り過ぎてゆく。彼は城の奥へと向かってゆく。決然とした歩みに迷いはなく、頭上に展開している無惨な光景にもためらいを見せない。騎士は知っている。人びとの無惨な死を知っている。しかし彼は顔もあげない。恐れることもなく嘆きもしない。亡骸たちの血が、彼の片方だけ残った角の上にも滴り落ち、兜のカーヴに沿って流れ落ちる。彼の額にも落ちかかる。しかし、それを手で拭うことさえもしない。

どこへ行くの？　どこへ向かっているの？

誰に会いに行くの？

高みから見おろしていても、イコの目に、騎士の青ざめた頬と、強く引き結ばれた灰色のくちびるが見てとれる。大股の歩みに、マントの裾が翻《ひるがえ》る。あの石像がそうだったように、やはり騎士は剣を帯びていない。それでいながら、その瞳の暗い輝きと、ぐいと引かれた顎からは、厳しい果たし合いに出向く剣士の、悲壮なまでの勇気と決意を感じ取ることができた。

あなたは誰なんだ。

大声で叫んだつもりでも、あえぐような呼気を吐き出しただけだった。そして目が覚めた。現実に——あるいは正気に返った。あまりにも勢いよく幻像のなかから飛び出し、まっしぐらに自分自身のなかに飛び返ってきたせいで、身体ががくんと揺れた。梁に乗せていたお尻がずれて、バランスがくずれた。格子状に走る埃まみれの梁が、視界のなかでくるりと円を描き、イコは背中からシャンデリアの上に落っこちた。広げた手足が燭台にぶつかり、古びて黄色くなったロウソクがバラバラと払い落とされてゆく。

半身をよじり、半ば仰向けになって、イコはシャンデリアの上に横たわっていた。

左足の脛から下は、燭台をなぎ倒して、シャンデリアから空《くう》にはみ出している。

ああ、サンダルが脱げなくて良かった。とっさにそう思った。心臓が破裂して小さな破片になって、身体中に飛び散っててんでにドキドキしている。迂闊《うかつ》に動かず、そのままの姿勢でゆっくりと息を吸ったり吐いたりしていると、飛び散った心臓が少しずつ元の場所に集まってゆくのが感じられた。

そのとき、どこかでみしりと音がした。

シャンデリアから、ぱらぱらと埃が落ちる。

腐食《ふしょく》し、緩んで歪んでいた金具。

長い年月の浸食と重力の枷《かせ》に耐えかねていたシャンデリアの留め金は、イコの落下の衝撃に、とうとう限界を超えた。最初の一本がぱちんと音をたてて外れると、一人の敗走をきっかけに、列を乱して逃げ出し始める兵士たちさながらに、次から次へと外れていった。

シャンデリアは梁を離れ、ほんの一瞬だけ、重力に従うよりもこれまでの惰性《だせい》に倣《なら》う方が安全だと言わんばかりに宙に浮いていた。そして落下を始めた。

起きあがるのが半秒遅く、イコの手は、惜しいところで梁に届かなかった。シャンデリアが空を切る音と、それの起こした風で髪が舞い乱れるのを感じた。足元が抜けた。腰が砕けた。ぽかんと開いた口から、声にならない叫びと一緒に魂が吸い出されてゆく。身体より軽い魂は、落ちる身体に置いてきぼりをくって、空に漂う。

前後を忘れ、何の考えもなく、とにかく頼れるものを探して、イコは留め金の残骸をまとったシャンデリアの支柱にしがみついた。がらがらと轟音《ごうおん》をたてて、シャンデリアは橋の上に落下した。その差し渡しは、ちょうど橋の幅をいっぱいに満たし、燭台の立っているいちばん外側の輪っかが手すりの上にどすんと着地した。しぶとく残っていたロウソクが、飛び上がるみたいに台座からはずれ、手すりを越えて広間へと、弧を描いて落ちてゆく。イコは身を縮め、シャンデリアの中央に丸くなっていた。おかげで、ロウソクを失った台座の、剝き出しになったロウソク立ての棘《とげ》から逃れることができた。

もうもうと埃が舞いあがる。イコは頭を起こし、わっと叫んで右に避けた。シャンデリアを吊していた鉄の鎖が、じゃらじゃらと派手な音をお供に、本体を追いかけて落ちてきた。それはイコのすぐ傍らにがちゃりと叩きつけられると、自身の重みに引っ張られて蛇のように身をくねらせながら、台座の輪っかの隙間へと落ちていった。

目のなかに埃が入ってちくちくする。口のなかまで埃の味だ。イコはそろそろと起きあがった。と、橋の端っこに立った少女が、両手を口元にあてて立ちすくんでいるのが見えた。瞳が驚きで拡大し、ほとんど白目が見えないほどだ。

大丈夫だよ――少女に声をかけようと、イコは口を開きかけた。だがそれよりも先に、耳が新しい異変を聞きつけた。

何かにひびの入る音。不吉な振動。

下から衝撃が突き上げてきた。シャンデリアが前に傾く。台座の輪っかが手すりの上をずるりと滑る。

今度は何だよ！　と思う間もなく、橋の反対側の端が崩れ、二階の床から離れた。シャンデリアの留め金と同じく、この橋もまた長い年月と重力に負けかけていたのだ。

反対側の端、少女の立っている場所を起点に、ちょうど滑り台よろしく、橋は大広間を横断して、二階の床から離れた断面を、あの芝生の庭へと通じる両開きの扉の前に向けて、地をどよもすような響きと共に着地した。シャンデリアはイコを乗せたまま、手すりを滑って遊ぶ子供みたいに、するすると加速度をつけてその斜面を滑降し、大広間まで滑り落ちると、勢い余ってそこで反転した。イコは宙に放り出された。

今度は俯《うつぶ》せに落っこちた。ぺたんとお腹を打ち、息が止まった。今や埃は霧のように大広間全体を覆いつくし、ようやく戻ってきた静寂のなかで、石のかけらや燭台から飛び出したロウソクがころころと転がる音だけが、そこここで囁くように聞こえる。

手足がバラバラにならずに済んだこと。息ができること。どこも折れていないし、血も流れていないこと。俯せに倒れたまま、イコはそれらの事どもを、慎重に確認した。今度こそ、まわりで何も聞こえなくなるまで、うっかり動いたりしないつもりだった。

ようやく半身を起こしてみると、ついさっきまで大広間の天井を渡っていた橋が、少しばかり傾斜こそきついけれど、二階から一階に降りるためには充分に頑丈な通り道となって、広間の中央に鎮座していることがわかった。きれいにひっくり返ったシャンデリアは、その脇に落ちて鎮まっている。

少女はさっきまでと同じ場所にいた。まだ両手で口元を覆って立ちすくんでいる。イコは立ち上がり、斜めになった橋の下まで行くと、彼女を見あげた。

「おーい」と、呼びかけた。「何かめちゃくちゃだけど、通り道ができたよ。降りておいでよ。足元に気をつけてね」

少女は怖がっているのか、なかなか足を踏み出さなかった。イコは橋のつくった斜面を登っていった。途中で両手を床につかなければならないほど急だった。

「怖かったら、お尻でずって降りてくればいいよ。滑り台みたいなもんだもの」

すると、少女はちょっと首を振った。笑ったようにも見えた。年頃の娘さん。そんな男の子みたいなことはできないわ――そういう意味かもしれなかった。

ささやかだけど温かいものが、本当に久しぶりに、イコの心に触れた。

「ちょっとずつ降りれば、転ばないよ」

そう言って、笑った。少女の目も笑ったように見えたのが嬉しかった。

それでも、少女を助け降ろしながら、イコは、橋の手すりにチラチラと目をやらずにはいられなかった。ここに、たくさんの亡骸がぶら下げられていた。血の染みや、亡骸を吊り下げたロープの跡が残ってはいやしないか。そう思うと、胸が悪くなる。

手すりは年月の埃と、今の崩壊で生まれた新しい埃とにまみれていた。掌でこするとざらざらした。石のかけらがちくりと痛かった。

ようやく少女が下まで降りると、イコは身体についた埃を払い、乱れてしまった御印を直した。そして、ふと思いつき、足元に落ちていたロウソクを一本拾いあげた。どこかで使い道があるかもしれない。それをズボンの腰にはさむと、上に置いてきてしまった松明《たいまつ》の棒の代わりに、武器になりそうなものを探した。今の衝撃で壊れたのか、広間にあった椅子の足が折れて転がっている。拾って振ってみると、いい具合だった。

少女はと見ると、彼女はイコに背を向けて、斜めに落ちた橋の向こう側、さっきシャンデリアの上で見た幻のなかで、片角のある騎士が歩み去っていった方を見ていた。一心に見ていた。案じるように。その先に、彼女の想いを引っ張る何かがあることを知っているかのように。

イコは黙って、少女の肩掛けの先を引っ張った。少女が振り返ると、目と目があった。

問いかけ。疑問。でも、すぐ先で輝いている芝生と、両開きの扉から吹き込んでくる爽やかな外気は、そんなものなど脇へ除けておけと、イコを誘っていた。

二人は手をつなぎ、扉を通り抜けた。靴の底を通して、芝の地面の柔らかさと温もりが伝わってくる。それはイコを勇気づけ、生気を与えた。

眼前には、降り注ぐ太陽の光の下、広々とした芝生の中庭を囲んで、入り組んだ通路とテラス、そしてひときわ大きな跳ね橋が、二人を待ち受けていた。

さしもの複雑な造りの〝霧の城〟でも、ここまで来ると、もう行く手の見えない迷路ではなくなった。地上に降りた、目と鼻の先にあった太陽と青空が、頭上高くへと遠ざかったという、気分の問題もあるかもしれない。塔の回廊やテラスで、絶えずごうごうと耳元で唸っていた渦巻く風の音も、ここでは高い城壁に遮られて鎮まっている。

8

芝生の中庭を突っ切り、その先でまた陸橋のようになっている建屋を通り過ぎる。跳ね橋をおろすのに少し手間取っただけで、イコは順調に進んでいった。

跳ね橋を渡るとまた広い庭に出て、その端の方は一部は墓所《ぼしょ》になっていた。樹齢を重ねた柳の木々が、乾いてひび割れた幹を曲げ、枝を垂らして、思いやり深い墓守のように陽射しを遮り、涼やかな日陰をこしらえている。イコは少し遠回りをして、四角い墓石が地面に整列している場所へ立ち寄ってみた。墓石はどれも古びていて、刻み込まれている名前も碑文も、薄れてしまって読みとれないものばかりだった。

敷地内にあるのだから、きっと〝霧の城〟と関わりの深い人びとが眠る墓であるに違いない。でも、城の主やそれに連なる血筋の人たちのものだとは思えなかった。それならば、別誂《べつあつら》えで、もっと立派なものであるはずだ。少女も、これらの墓に、特別な関心を示しはしなかった。

墓所の先に深い水路があり、二人は一時、そこに並んで影を落とした。水面はずっと下にあるので、そこに映る二人の顔は、ほの暗い影に混じってしまってよく見えない。それでも、二人の顔と身体の輪郭が水面に落ちているのを見て、イコはほっとした。隣にいる少女は精霊でも幽霊でもない。ちゃんと影ができて、その姿が水にも映るんだから。

水路の上には、壁を伝って、銅《あかがね》でできた太い導管《パイプ》が通っていた。イコには乗り越えることのできない高い側壁に沿って這い登り、カクカクと曲がり、城のなかのどこかへと消えてゆく。これが水道――というものだろうか？　帝都《みやこ》にはそういうものがあって、だから町に住む人たちは、誰も水汲みや井戸掘りなどしないでいいのだと、村長《むらおさ》が言っていたことがあるのを思い出す。

そういえば、神兵たちと乗った小舟からも、〝霧の城〟の内外を走る似たような導管を仰ぎ見た。〝霧の城〟には、そこに暮らす人びとの快適さ、安楽さを保証するための、数々の仕掛けがあるようだ。しかし、動力源は何だろう？　今は機能していないように見えるから、その動力は、とっくの昔に絶えてしまっているのだろうか。知識がないことが、もどかしかった。ただ自分が知らないだけで、今でも帝都のお城や神殿では、同じような仕掛けが使われているのかもしれない。

二人は墓所から離れ、前庭の中央に戻った。芝生の照り返しもあって、汗ばむほどに暑い。また重々しい石造りのアーチが見えてきた。庭の左右に、そこへと通じる石の階段がある。

「もうひと頑張りだよ」

少女に声をかけ、その手を引っ張って、イコは足を急がせた。このだだっ広く上下に入り組んだ場所で、もしやあの霧の怪物たちに襲われると、面倒なことになると思ったからである。

顎の先から汗が滴る。でも不思議だ。少女と出会い、彼女と手をつないで行動するようになってから、飢えも渇きも、身体の疲労も感じなくなった。だからこそ、ここまで駆けて来られたのだ。

二人は走って石造りのアーチを抜けた。そこに広がっていた光景は、イコが探し求めていたものだった。〝霧の城〟のなかで唯一、イコに見覚えのある景色だった。

正門だ。崖の対岸から、波立つ青い海を挟んで遠く見た、あの巨大な両開きの門。

開いている。海に向かって、どちらの扉もいっぱいに開放されていた。

「門だ！」

イコは歓声をあげた。ぴょんぴょん飛び跳ねながら、少女に指さして見せた。

「ほら、門だよ！　開いてる！　あそこから外に出られるよ。僕、知ってるんだ！」

喜びと安堵で目が回りそうだった。じっとしていられずに、両手で少女の手を取って、跳ね回った。

それにしても何という威容だろう。

顔を正面に向けていては、視界に収まりきらない。右から左へ、塔の部分を除いては、〝霧の城〟そのものと、ほとんど同じくらいの高さのある城壁が連なっている。左へずうっと視線を飛ばしてゆくと、城壁が角形に折れているところに別棟があり、そこには崖の部分も露出していて、やはり青々と草が茂っている。そしてその草地の上に、たまげるほど大きなお皿のようなお椀のような、円くてちょっと底にくぼんでいるものが、海の方にその内側の部分を向けて立っている。

右手方向も同じだった。長々と続く雄大な城壁の先に別棟があって、巨大なお皿が、やや斜めに傾いて空を仰いでいる。

どちらのお皿も、こちら側からだと、正面の部分は、ごくごく細い三日月ぐらいの形にしか見ることができない。それでも、明るく光っていることはわかった。

――鏡かな？

そして、視界の正面を悠々と占める、この正門。高さは城壁と変わらない。これほど巨大なものであるのに、いったいどんな石で築かれているのか。遠目で見ては、継ぎ目や重ね目などが、いっさい見あたらない。

左右の門扉《もんぴ》の、蝶番《ちょうつがい》の部分にあたる太い柱の頂点には、それぞれ丸い珠《たま》をいただいている。その珠もまた、陽光の下で、静かな輝きを内に秘めている。そうか、小舟の上から何かが光るのを見たけれど、あれはこの珠だったんじゃないか。太陽が反射したんだ。

二人が佇《たたず》むゲートの下と、巨大な正門のあいだを隔てているのは、柔らかな芝生に覆われた、正門と同じ幅いっぱいに広がった通路だけだ。さらにその中央には石畳が設けられ、左右には、歩哨《ほしょう》のように、丈の高い松明《たいまつ》の台が一対ずつ立ち並んでいる。真昼の陽光の下、松明は消えているが、その様は、まるで二人を差し招き、さあここをお通り、ここが出口だよと教えてくれる、輝かしい標《しるべ》のようにも見えた。

「行こ！」

イコは少女の手を引っ張り、彼女がつんのめるくらいの勢いで駆け出した。走る。

走る。イコの感覚では、半ば宙を飛んでいた。もう何者にも邪魔させない。正門はあまりにも巨大過ぎて、走っても走っても近くならないような気がする。月を追いかけているみたいだ。だけど違う。違うんだ。一歩、また一歩、踏み出し、蹴りあげ、また踏み出すごとに、自由が近くなってゆく。脱出の時はすぐそこにまで来ている。

そのとき、突然少女が悲鳴をあげて転んだ。二人の手が、捩《よじ》れて離れた。

少女はもんどりうって倒れ、石畳の上を、松明の台の足元にまで転がっていった。イコも勢い余って前のめりに転んだ。あわてて起きあがろうとしたが、少女の様子に凍りついてしまった。倒れてもまだ悲鳴は止まず、両手で顔や身体をかきむしるようにしながら、足をバタバタさせて苦しんでいる。

「ど、どうしたの？　どうしたんだよ」

這うようにして少女に近づき、その身体に触れることもできないまま、伸ばしかけた手を宙に泳がせる。まるで身体に火が点いてでもいるようだ。見えない何かに襲われて、身体じゅうを引っかかれてでもいるようだ。イコは目が回りそうなほどの勢いで周囲を見回し、煙の怪物たちを探した。あいつらか？　あいつらのせいなのか？　いや違う。何もいない。ここにはただうらうらと陽が照っているだけじゃないか。

二人はようやく、正門までの道のりの半分までを走ってきていた。あともう半分、立ち上がって走ればすぐそこだ。潮風が吹いてくる。波の騒ぐ音だって、すぐにも聞こえてきそうなほどだというのに。

ふと、頬に風を感じた。正門の向こうから優しく吹き込んでくる海風ではない。〝霧の城〟から吹き下ろす、冷たくよそよそしい気の流れ。

イコは目を上げた。倒れ込んだ少女の上、〝霧の城〟を背景にした中空に、風の流れが集まってゆく。それが目に見える。何もない無の空間から、ひと筋、またひと筋と、鞭《むち》のようにくねりながら立ち現れ、ひとつに捩《よじ》り合わさってゆく。無数の短い稲妻が、その中心で音もなく閃《ひらめ》く。

ひとつひとつの流れには形がなく、色もない。しかしそれらが合流してゆくと、そこに形成されてゆくものの姿が見えてきた。煙だ――あの漆黒の煙の怪物たちと同じ色。光を吸い込む暗黒の粒子の集まりでありながら、集まれば集まるほどに力を増し、光と反対の輝きを放つ。

イコは膝立ちのまま身構えかけたが、宙に出現しつつあるものを見つめるうちに、あまりの驚きに構えが解けてしまった。手が下がり、ぽかんと口が開く。

そこに現れ出《いで》たものは、煙の怪物たちとは違っていた。漆黒の霧と煙を寄せ集め、姿を成していることは同じでも、怪物たちよりもはるかに人間らしかった。

結い上げた髪。小さな顔。骨張った肩と細長い腕。豊かに裾の広がった衣装。袖口と裳裾《もすそ》にほどこされた、優美な刺繡《ししゅう》の縁取りまで見て取れる。

女だ――

小さな、肉の落ちた顔。痩《こ》けた頰。尖った顎。ただ顔色ばかりが骸骨《がいこつ》のように白い。あの煙の怪物たちの底光りする白い眼《まなこ》が、そのまま顔となったかのようだ。そして怪物たちとは反対に、この女の一対の眼は、漆黒《しっこく》に落ち込んでいる。だから瞳は見えない。それなのに、それはイコを見据えていた。大鷲《おおわし》さながらに両手を広げ、ふくらんだ袖に闇を孕《はら》んで。

封印の石像のところで見た幻像だ。あの幻像のなかの、黒衣の女だ。こちらに背中を向け、一心に祈りを捧げていた――

〝霧の城〟の何処《どこ》かから、鐘の鳴る音が響き始めた。イコは耳を疑った。どこに鐘楼《しょうろう》があったろう？　この鐘は誰が鳴らしているのだ？

緩やかに、堂々とした鐘の響きが合図であるかのように、イコたちの背後で、ゆっくりと正門が閉じ始める。海風の通り道が狭められてゆく。

少女は気絶してしまったのか、ぐったりと倒れ込んでいる。イコはわななきながら、両手で彼女を抱こうとした。立って。立ち上がるんだ。門が閉まっちゃう。間に合わなくなっちゃうよ。

絶えずさざ波立つ漆黒の煙と霧をまといながら、中空に浮かぶ黒衣の女が、イコに呼びかけてきた。「おまえは何者だ」

その声もまた煙でできているかのように、風に掻き乱されている。

「ここで何をしておるのだ?」

壁越しに聞く人声のように、大きくなったり小さくなったりする。

イコは少女の身体をかばうように腕を回し、頭上の黒衣の女を仰いで、ひたすらに口で激しく息をしていた。目をそらすことはできなかった。動くこともできなかった。

答えちゃいけない。森で魔物に会ったときは、たとえ自分の名を呼ばれても、返事をしてはいけない。村長《むらおさ》も、継母《まんかか》さまも、怖い昔話をするたびに、そう教えてくれた。返事をすれば、魂を盗られる。目をつぶりなさい。そんなものはそこにはいないのだと、心に言い聞かせなさい。魔物はあなたの心の隙に入り込む。だから心を閉じていなさい。

「穢《けが》れた角を持つ少年。己《おのれ》はニエであろう。ニエが石棺《せっかん》を逃れ出て、こんな場所で何をしようとしていると訊ねているのだ」

目を閉じても、耳をふさいでも、黒衣の女の問いかけは消えなかった。

目を開けると、黒衣の女の底なし沼のような目とぶつかった。イコは震えて後ずさった。反射的に、右手が御印《みしるし》をぐいとつかんだ。

女の白い顔の上、一対の暗黒の裂け目にも似た目が、つと細くなった。

「それは――？」

鐘が朗々《ろうろう》と鳴り響く。正門はもう半分以上閉じている。門の落とす影が、イコたちのいるところにまで届く。

「そうか」黒衣の女は訳知り顔でうなずいた。

「運のいいニエであることよ。その幸運を大切に、さっさと我が城から立ち去るがよい。拾った命だ。もう一度落としてしまわぬうちに、私の前から消えるがよい」

我が城――

この黒衣の女こそが、〝霧の城〟の城主だというのか。

「あ、あ、あんたは」

イコは震え、よろめきながら立ちあがった。黒衣の女の正面に立つ。「あんたがこの主《あるじ》なのか？」

「そうだ。私こそがこの〝霧の城〟の城主。〝霧の城〟の落とす影のなかで生きる、すべての命を統《す》べる女王」

黒衣の女は右手を動かし、人差し指を立てて、イコの鼻先に突きつけた。その動作は、そこから伝わる感情を別にすれば、鋼鉄の鳥籠から出てきた少女が、イコに指を向けた仕草とよく似ていた。

〝女王〟は指まで痩せさらばえていた。老婆というより、すでに骸骨《がいこつ》のようだった。その爪ばかりが鋭く尖り、黒曜石《こくようせき》のように鈍く光った。

「穢れたニエの少年よ。おまえの命も我が手のなかにある。ここに留め置かれたおまえの同胞たちと同じ運命をたどりたくないのなら、さあ、立ち去れ」

言われなくたって出ていってやる。恐怖と闇雲《やみくも》な負けん気が混ぜこぜになって、イコの心は沸騰《ふっとう》していた。少女の元に飛び帰り、しゃにむに彼女を抱き起こそうとした。

「その娘《むすめ》に手を出すでない！」

〝女王〟の声が空を切った。本当に刃《やいば》で斬りつけられたかのように、イコの首筋に鋭い冷気が走る。

「ニエの手で触れるでない。おまえはその娘が何者であるか知っているのか」

い、い、い、い、い、

そうだ、この娘は何者なんだ？

ぞくりと震えて、イコは〝女王〟を仰いだ。負けずに言い返そうと思うのに、喉から飛び出した声は、無惨に裏返って割れている。

「誰だっていうんだよ？　この娘《こ》は閉じこめられてたんだ。この娘もニエなんだ！　僕と一緒に、こんなところから逃げ出すんだ！」

〝女王〟の尖った顎が上がり、頬が歪んだ。受け止めきれないほどの恐怖に、イコの足がくたくたと萎《な》えた。〝女王〟が笑ったのだ。イコの返事を聞いて、嘲笑《ちょうしょう》したのだ。

石畳の上に倒れ伏していた少女が、腕をついて半身を起こし、中空に浮かびながら哄笑《こうしょう》する〝女王〟の方を仰ぎ見た。今にも泣き出しそうな横顔だ。

イコはそっと横に動き、少女の傍らに跪《ひざまず》いた。少女の肩に手を置くと、震えが伝わってきた。少女の目は〝女王〟の姿に釘付けになっている。

視線に気づいたのだろう。〝女王〟は笑いを断ち切ると、つと少女の方に視線を向けた。横座りになったままの少女が、それでもはっと全身でたじろぐのを、イコは感じた。

〝女王〟は、ことさらにゆっくりと言葉を紡《つむ》いで少女に呼びかけた。「わたしの可愛いヨルダ」

今度はイコがたじろぐ番だった。思わず、少女の肩に置いた手に力がこもり、少女の顔をのぞきこむ。

ヨ、ル、ダ。やっぱりこの娘《こ》の名はヨルダというのだ。それだけじゃない。わ、た、し、の可愛い、ヨ、ル、ダだって？

〝女王〟は少女だけを見つめている。少女も魅入られたように〝女王〟から目を離すことができない。視線がぶつかりあう。

「この生意気なニエの少年は、おまえもニエだと言っているよ。これほどの非礼があるだろうか。ねえ、わたしの可愛いヨルダ。わたしの愛娘《まなむすめ》よ」

イコの膝から力が抜けた。手がだらりと垂れた。聞き間違いなんかじゃない。愛娘だって。この娘と〝女王〟は母子《おやこ》だというのか！

この呼びかけに、ヨルダは何も答えず、ただ、逃げるようにうつむいてしまった。片手があがり、口元を押さえる。その指先までもが震えている。

「う、う、嘘だ」口元をわななかせながら、かろうじてイコは言い返した。「この娘《こ》があんたの子供だなんて、そんなの嘘に決まってる」

「ほう」〝女王〟はまたも満面に笑みをたたえ、イコの方へと目を移した。「おまえは私の言葉を疑うというのか。つくづくも生意気なことだ」

「だって！」

イコはさっと立ち上がると、しゃにむに〝女王〟につっかかっていった。〝女王〟は素早く片手を伸ばし、イコに向かって骨張った掌をひと振りした。ただそれだけで、イコは軽々と後ろに吹っ飛ばされ、石畳の上に転がり落ちた。目から火花が出た。

「ニエの分際で、軽々しく私に近づくでない！」〝女王〟は笑みを消し、蒼白《そうはく》の顔に漆黒に燃える双眸《そうぼう》を光らせる。「わたしのヨルダを連れまわし、その穢《けが》れた足で城中を駆け回っただけでも許し難い罪だというのに」

イコはよろめきながら起きあがった。「だって、もしも本当に母子だったなら、どうしてこの娘をあんな恐ろしい鳥籠なんかに閉じこめたりしたんだ。母親が子供にそんなことをするなんて、おかしいじゃないか！」

〝女王〟は尖った顎の先を持ち上げると、吠えるように短く笑った。「私が私の娘をどうしようと、おまえの知ったことではない。ニエの身で私に指図をしようなどと、分不相応にもほどがあろうものを」

イコが再び迫ろうとすると、〝女王〟はかぎ爪のような指を振りあげた。すると、二人のあいだにヨルダが割って入った。言葉はないまま、無言でイコの前に腕を伸ばし、イコを阻《はば》もうとする。イコが彼女の顔を見ると、ヨルダはすがるように目を潤ませてかぶりを振った。

興味深そうに目を細め、〝女王〟は二人を見おろしている。

「どうやら、ヨルダはおまえに慈悲をかけているようだ」

それを不審に思うよりは、面白がっているような口振りである。

「一重《ひとえ》にも二重《ふたえ》にも幸運なニエの子よ。ヨルダに免じて、おまえの命は助けてやろう。すぐにも立ち去るのだ。ただし、かつて私が栄光のなかにあり、民草《たみくさ》の歓喜と尊敬の念に包まれて歩み出たこの城の正門を通ることは断じて許さぬ」

まるでその言葉があるのを待ち受けていたかのように、巨大な門扉《もんぴ》は地を震わせながらぴったりと閉じてしまった。門扉の隙間から差し込んでいた陽光は絶え、門扉のつくる大きな影が、前庭全体を覆い尽くす。

鐘の音が止んだ。

「地を這う虫のように卑《いや》しく、とるに足らない存在であるおまえ一人ならば、〝霧の城〟には、いくらでも、それにふさわしい出口が見つかるだろう。卑しきニエよ。壁の割れ目から這い出るがよい。それともその手で地を掻《か》き穿《ほじ》り、土中の穴を抜けて逃れ出るか。いずれおまえにふさわしい方法で、私の城から出てゆくのだ」

イコの御印が、風もないのにひるがえった。〝女王〟はその目に光が入ったかのように顔をしかめる。そういえば、さっきもそうだった。イコが御印に手を触れると、〝女王〟は嫌なものでも見たかのように目を細めたのだ。

今度は意識して、イコは御印の上に手をあてた。そして〝女王〟に歩み寄った。渦巻く闇の衣を身にまとい、〝女王〟はイコを見据えている。イコもにらみ返す。

「あんたがこの城の主だというのならば、ニエを捧げさせているのもあんたなんだろ？　どうしてこんなひどいことをしてるんだ？　何の必要がある？」

一気に問いかけて、両足を踏ん張り、さらに畳みかけた。「この城のなかにいる、黒い煙か霧の塊みたいな怪物たちも、もともとはニエだったんだろ？　あんたの呪いか魔術かなんかで、あんな姿に変えられてしまったんだ。〝女王〟だなんて、嘘じゃないのか？　本当の女王なら、立派な、偉い人のはずだ。心の優しい人のはずだ。何の罪もない人たちを、犠牲に捧げさせたりするもんか。あんたは嘘つきだ。本当は魔女なんだろう？」

しゃべるほどに怒りが増して、イコはほとんど怒鳴っていた。言うだけ言わせておいて、〝女王〟は羽虫でも追い払うかのように、また掌をひらりと振った。イコはまたぞろ呆気なく吹き飛ばされた。今度はさっきよりも遠くへ、宙に弧を描いて飛んでゆくと、肩から胸へと、もんどり打って石畳の上に落っこちた。頬がすりむけ、血がにじむ。

頭がふらつき、身体中が痛んだ。うまく息ができなくて、目の前が真っ白になる。

「減らず口もそこまでだ」

〝女王〟の声が冷たく響く。

「さあ、ヨルダ。城のなかへお戻り。ニエの子など相手にするものではない。おまえは自分の身分を忘れている」

何度まばたきを繰り返しても、視界がぼける。イコはおぼろな景色として、宙に立ちはだかる〝女王〟と、石畳の上にくずおれたまま、怯えるように身をすくめ、それを見上げているヨルダの姿を見た。

「こんな、魔女の言うことなんか――聞いちゃ駄目だ」

気が遠くなりかけているのか、イコには自分自身の声もおぼろに聞こえた。口がうまく開かない。と、〝女王〟が指を振ったかと思うと、イコの身体が宙に浮き、次の瞬間には三度空《みたびくう》を飛ばされて、ヨルダのすぐ傍らへと叩きつけられていた。弄《もてあそ》ばれている。骨がバラバラになりそうだ。肘も膝も傷だらけになり、たらたらと血が垂れる。

ヨルダが身体ごとぶつかってきて、イコに覆《おお》い被《かぶ》さるようにしてかばった。〝女王〟を仰ぎ、懇願するかのように激しく嫌々をしている。

「おまえはなぜ、こんな卑しいニエの子に情けをかけるのか」

〝女王〟はヨルダに問いかけていた。

「おまえはやがてこの城を継ぐ者。私の分身。私と心をひとつに、〝霧の城〟に君臨し、再びこの世を統《す》べる栄光の座に戻る時を待つ身ではないか。よもや、それを忘れたとは言うまいに」

半ば気を失いながらも、イコにはヨルダが泣いているのがわかった。

「待つことに倦《う》んだというのか。それでも運命《さだめ》には逆らえぬ。ヨルダよ、よくお聞き。私はおまえであり、おまえは私なのだ。いずれ時が来たれば、おまえにも、それがどれほど大きな祝福であるか、身に染みてわかることであろうよ」

〝女王〟の姿が薄れ始める。イコの目が翳《かす》んでいるせいではなく、ここから消えて立ち去ろうとしているのだ。

「ニエの子よ。立ち去れ。二度の機会はないぞ。ヨルダはおまえなどとは身分が違う。おまえがヨルダに手を触れることを、私は許さぬ。けっして許さぬ」

女王のまとう漆黒の衣が霧へとほどけ始め、やがて、現れたときと同じように、空のなかに溶け込むようにして、その姿が消えた。

イコは石畳の上に倒れていた。ヨルダはそのそばに寄り添い、両手を石畳についで泣き続けている。〝霧の城〟は二人の頭上にそそり立ち、静寂があたりを支配していた。

ぐったりと横たわったまま、イコは泣いているヨルダを見ていた。涙が落ちて、石畳に小さな小さな染みをつくる。そして、見る見るうちに乾いて消えてしまう。〝霧の城〟の落とす影が、彼女の悲しみなど、まるで最初から存在しなかったもののように、吸い取り消し去ってしまうのだ。

頭を持ち上げると、首がぎくりと痛んだ。思わず「イテ！」と声が出た。ヨルダがイコに目を向けた。白い頬に、幾筋も涙の跡が残っている。

二人の目が合った。ヨルダの泣き顔を見ていると、イコも泣けてきそうになった。

「本当なの……？」

弱々しい声しか出せなかった。

「あの魔女の言ったことは本当なの？」

ヨルダは答えず、手の甲で涙を拭いた。

「君の名前はヨルダっていうの？」

ヨルダは手を止め、顔の半分を手で隠したまま、静かに静かにうなずいた。

イコは石畳の上に頭を戻した。心から気力がすうっと抜け出してゆく。

「じゃ、あの魔女は、本当に君のお母さんなの？」

ヨルダはまたうなずいた。石畳の上にへたり込んだまま、身をよじってイコに背中を向けてしまった。

「君はニエじゃなかったんだね……」

問いかけるのではなく、自分で自分に言い聞かせる。イコは声に出して呟いた。

「さっきからね、君と手をつなぐと、いろんな幻が見えたんだ。その幻のなかには、あの魔女――〝女王〟も出てきた。古い石橋のところで見た、角が片方折れた騎士も出てきた。それとね、子供のころの君も出てきた」

ヨルダのほっそりとした背中に、イコは語りかけた。

「トロッコに乗ったときは、君は君のお父さんと一緒だったよ」

はじかれたように、ヨルダが振り返った。イコは彼女の目を見てうなずいた。もう一度、痛みをこらえて頭を持ち上げ、さらに我慢して半身を起こした。あまりにもあっちこっちが痛いので、もう、正確に身体のどこが痛いのかもはっきりわからない。痛くないところといったら、そう、目玉ぐらいのものか。

でもその目玉は、ともするとこみ上げてきそうになる涙のせいで、熱くなっている。

「小さいときの君は、お父さんとトロッコに乗ってはしゃいでた。お父さんのことが大好きだって言ってたよ」

ヨルダの涙は止まっていた。潤《うる》んだ目を上げて、彼女はふと、遠くを見るような目つきになった。

「君が大好きだったお父さんは、どこに行ってしまったの？　死んでしまったの？　そして君はお母さんの手で、ずっとあんなふうに閉じこめられていたの？　教えてよ。ここではいったい何が起こったの？　君の知っている〝霧の城〟は、こんな恐ろしくて悲しくて、寂しい場所じゃなかったんじゃないの？　君が育ったころの、美しかった〝霧の城〟は、いったいどうしてしまったんだい？」

ヨルダが何か呟いた。短い言葉だった。イコには聞き取れても、意味がわからない。

彼女はそっと膝をずらし、イコのそばに寄った。すんなりとした腕が伸びて、労《いたわ》るようにイコの頬の傷に触れた。

温かみを感じた。ヨルダの指先から、それは奔流《ほんりゅう》のように溢れ出て、イコの身体のなかに流れ込み、満たしてゆく。

御印に織り込まれた柄が、内側から光り輝き始めた。イコは目を見張った。

身体の痛みが――消えてゆく。

そこらじゅうにあった擦り傷切り傷から流れ出る血が止まり、乾いてゆく。青痣《あおあざ》が薄れ、元の健康な肌の色に戻ってゆく。ズキズキとうずいて、曲げることも伸ばすこともできなかった節々《ふしぶし》が、滑らかな動きを取り戻す。

イコは両手を広げ、癒《い》えてゆく自分の身体を見おろした。御印の輝きは、夏の夜の蛍《ほたる》の光のように淡く、イコの心臓の鼓動にあわせて、ゆっくりとまたたいている。

最後のひとつの擦り傷が消えると、御印の輝きも消えた。ヨルダがイコの頬から手を離した。

呼吸さえ止めて、イコはまじまじとヨルダの美しい顔を見つめた。さっきまで泣いていたその瞳が、きらきらと輝いている。

「ありがとう」と、小さく言ってみた。

ヨルダは頬笑《ほほえ》もうとしたが、その笑みは途中で萎《しお》れ、形のいいくちびるの両端が下がってしまって、彼女は目を伏せた。

「君にはきっとこの御印と同じ力があるんだ」と、イコは言った。「あるいは、御印の力に働きかけることができるのかな。あのね、僕にこの御印を着せてくれた村長《むらおさ》と、継母《まんかか》さまは言ってたよ。この御印があれば、僕は〝霧の城〟に負けないって」

イコは両手でヨルダの両手を取った。

「あんなところに閉じこめられて、君は嫌だったんだよね？　ここから逃げ出したいよね？　だったら、一緒に行こう」

ヨルダは激しくかぶりを振ったが、イコは負けなかった。

「君には力があるんだよ。〝霧の城〟に負けない力が。そして僕には御印がある。さっき気づかなかった？　〝女王〟はこの御印を嫌ってた。だからこそ、僕を殺すことはできなかったんだ」

それはとっさに心に浮かんだ思いつきに過ぎなかったのだけれど、口に出してみると、確信が生まれた。きっとそうだ。間違いない。〝女王〟が本当に強いならば、立ち去れなんて脅す代わりに、イコをひとひねりにすることだってできたはずじゃないか。

希望に満ちて、イコはヨルダの瞳をのぞきこんだ。その底に秘められ、封じ込められた歳月を——ヨルダという〝時の娘〟の真実を、イコの目ではまだ見ることはできなかったけれど、しかし何かが確実に解け始めていることを、つないだ手の温もりが伝えていた。

第三章
ヨルダ—時の娘

1

あまりにも永く、あまりにも静かで、それ故に深く身に馴染《なじ》み、血肉にさえなってしまった孤独。少女はそれを生きてきた。

鏡に映り、水面に影となって落ちる己の人の姿でさえ、ただこの孤独という虚ろなるものを包み込んだ薄い皮膜《ひまく》に過ぎないのではないかとさえ思う。わたしは容《い》れ物《もの》であり、空《くう》であり、無の集合なのだと。

少女の世界では、時は常に停止していた。もう思い出せないほど遠い昔、記憶の彼方で、初めて我が身の役割を意識したころには、時が少女を封じ込めているのだと思っていた。少女は、時に囚われているのだと思っていた。

だがやがて、少女は理解した。わたしが時を封じ込めているのだと。わたしが時を囚人《めしうど》としているのだと。気の遠くなるほど遥《はる》かな年月、わたしは時の監獄の孤独な番人としてのみ、この世に存在することを許されている。

それは何故なのか。

誰がそうさせているのか。

誰がそれを命じたのか。

時を留める力の代わりに、時を数える力を奪われた少女は、そのすべてを忘れていた。永いあいだ、この忘却は慈悲《じひ》であり、少女が得ることのできた唯一の安らぎでもあった。

忘却の深い淵《ふち》は、いつも、ゆったりと優しく少女を包み込んできた。少女は、小さなすべすべした丸い石くれとなり、その底深く沈んでいた。そこには平穏と静けさだけが存在し、疑惑や不安のさざ波が、稀《まれ》に淵の水面を騒がせることがあっても、少女のいるところにまでは届かなかった。

死にも等しき永き眠り。

それは何時《いつ》終わるのか。

誰がそれを終わらせるのか。

誰がそれを命じるのか。

知る術《すべ》もないままに、少女は静寂を生きてきた。時の停止は、心をも停める。何も変わらず、何も動かず、何も生まれず、何も消えない。

これまでずっと。これからもずっと。

そのはずだったのに——

「君の名前はヨルダっていうの？」

問いかける声。仰ぎ見る黒い瞳。間近に感じられる人の温もりと息づかい。

生き生きとした命の躍動のある場所に、時は停まってはいられない。動き出す。檻《おり》の扉は開かれ、囚人は牢を出てゆく。

ヨルダ。そう、それがわたしの名前だ。


ヨルダは夢を見ていた。

台座の間の塔のてっぺんで、鋼鉄の鳥籠のなかに横たわり、どれぐらいの歳月が経過しただろう。夢は途切れがちで、その訪れは気まぐれだった。脈絡《みゃくらく》のない道筋に迷いこみ、これが眠りのなかの夢なのか、起きて心に描く夢想なのか、その区別さえ定かでなくなるままに、繰り返し、繰り返し、ヨルダは様々な夢を見ていた。

死と忘却が親しいように、死と夢もまた親しい。死者が夢を見ないなどと、誰が断言することができよう？　わたしは死んで生を夢見ているのだろうか。それとも、生のなかで死を夢見ているのだろうか。

塔の内周をめぐる崩れかけた階段を、誰かが駆け上がってくる。そんな夢を見た。足音が聞こえ、階段に影が落ちて、ひょこひょこと動いている。ヨルダは、そんな夢を見た。ふと顔を起こしてみる。階段の人影は近づいてくる。だが小さなまばたきの後に目をこらしてみれば、それはただの幻に過ぎなかったとわかる。

いつだってそうだった。そしてヨルダはまた眠りのなかに沈んでゆく。次の夢を求めて。

その夢のなかでは、階段を駆け上がる人影が、石壁から染み出た漆黒《しっこく》の影のなかに呑み込まれてゆく光景を見た。声もなく、ただ恐怖にすくみ上がって呑まれてゆく小さな人影。塔の外は大嵐。風と雨が鳥籠にまで吹き付けてくる。

漆黒の影に襲われているのは――小さな男の子だ。彼の味わっている、激しい恐怖が我が身にも食い込んでくる。ヨルダは怯えて目を覚ました。

すると――やっぱり、塔の階段を誰かが走ってのぼってくるのが見える。ぐるぐる、ぐるぐる。螺旋《らせん》を駆ける。一生懸命の足取り。

これは夢？　それともさっきのが夢？　どちらが生で、どちらが死なのだ？

そのとき、呼びかける声が聞こえた。

「誰？　そこに誰かいるの？」

ヨルダは半身を起こした。あの少年が、階段の手すりに寄って、こちらを見上げている。

「そんなところで何してるの？」

ヨルダの目は、確かに少年を見ている。ヨルダの耳は、確かに少年の声を聞いている。

信じられなかった。わたしはまだ夢を見ている。心の見せる、優しい慰《なぐさ》めに興じているのだ。ただそれだけのことだ。

少年は踵《かかと》をあげて背伸びをして、大きな声を張り上げた。「待ってて。今、下におろしてあげるから」

ちょっと迷って足を踏みかえ、また少年は階段を駆け上がり始めた。その動きを目で追ってゆくことができる。風変わりな赤い衣服。きれいな色だこと。胸元と背中を覆う、凝った色柄のあの布は何かしら。少年が走ると、旗のようにひるがえっている。

やがて少年の姿が消えた。塔のもっと高いところへ、窓をよじ登っていったようにも見えた。夢のなかで。そう、夢の続き。

この後は何も起こらない。何も変わるはずがない。また眠りのなかに戻るだけ。

がくんと振動がきた。鳥籠が揺れる。

ヨルダはとっさに鳥籠の檻につかまり、しがみついた。振動は続いている。そして信じがたいことに、鳥籠がゆっくりと下降している。真下に見える円い台座が、少しずつ大きくなってゆく。

手の込んだ夢。願望の紡《つむ》ぐ幻。

鳥籠は台座まで降りることなく、壁面にある封印の像の高さで停止した。またがくんと揺れて、ヨルダは今度は立ち上がり、両手で檻につかまらなければならなかった。

封印の像が、すぐ足元に見える。四体並んで道を閉ざしている。

わたしは何故、それを知っているのだろう。冷ややかな恐ろしさが背筋を駆け上がってきて、ヨルダは檻から手を離し、鳥籠の中央へと後ずさった。

記憶の断片。

(この封印の像は、私とおまえの守護者なのだ)

(復活の刻《とき》が来るまで、私とおまえが〝霧の城〟で過ごす永劫《えいごう》に近い時を、この封印が守ってくれるのだよ)

(私はおまえであり、おまえは私なのだ。私はおまえを満たす者であり、おまえは私の器なのだ)

ヨルダは首を振り、うなだれた。わたしはわたし。ここにいるこの身体。この手足。この髪。この瞳。

だけどわたしは虚ろの容れ物。

頭上でがたんと音がして、鳥籠が波に揺られるように揺れた。見ると、さっきの少年が鳥籠の上に飛び乗っている。

鳥籠が傾き、ヨルダは檻に叩きつけられた。上では少年がバランスを失い、うわっと声をあげて振り落とされてしまった。鳥籠はさらに大きく揺れ、次の瞬間、落下を始めた。鎖が切れたのだ！

まばたきする間もなかった。鳥籠の底の縁が台座にぶつかり、瞬間、危なっかしいダンスを踊るようにその角度のまま静止した後、ゆっくりと横倒しになった。石の床が迫ってくる。ヨルダは身を縮めて目をつぶった。

鋼鉄の鳥籠が床を打ち、ごおんという音をたてた。ひと呼吸遅れて、もう一度重々しい音が響く。そっと目を開けてみると、それは、蝶番《ちょうつがい》の壊れた鳥籠の扉が、外れて開いた音だった。

あの少年は、床の上の少し離れたところに尻餅をついている。台座の間に静寂が戻ると、ヨルダの耳に、松明《たいまつ》のぱちぱちと爆《は》ぜる音と、少年のはあはあという荒い呼吸音が聞こえてきた。

これは夢？　夢の続き？

ヨルダはゆっくりと足を踏み出し、鳥籠から台座の間へと降り立った。

少年はへたりこんだまま、両目をぽかんと見開いてヨルダの顔を見つめている。

幼い顔立ち。つぶらな黒い瞳。身につけている不思議な布が、淡い光を放っている。

そしてこの子には、角がある。

（ニエが必要なのじゃ）

再び記憶の断片が舞い上がる。

（〝霧の城〟にはニエがなくてはならない）

わたしはやはり夢を見ている。ヨルダは思った。心の紡ぐ余興《よきょう》ではなく、記憶の再現としての夢。なぜならわたしは知っているから。この角の持ち主を知っている。懐かしいあの方。わたしと共に、この城を歩み——

（あなたの力を借りようとしたのは、私の過ちだった）

（しかし、希望を捨ててはいけない。いつの日か必ず、私の血を受けた子供たちが、あなたを救いに訪れる）

（そしてあなたの母上を——）

あなたの母上をも、この呪いから解き放つことだろう。

そう約束してくれたあの方。

遥か彼方の歳月から飛び返り、ヨルダは声を取り戻した。

「あなたは誰？」

少年に問いかけた。

「どこから来たの？」

しかし少年は、呆気にとられたように目を見張り、ただヨルダを見つめているだけだ。ヨルダはもう一度、同じことを問いかけた。すると少年のくちびるが動いた。

「君もイケニエなの？」

それもまた懐かしい響きの言葉。ヨルダの使う言葉でなく、けれども慣れ親しんだ言葉だった。遠い昔、あの人が操っていた言葉だった。確かに、確かにそれとわかる。だけどまだ遠い。聞き取れて、思い出すのに、話すことができないのがもどかしい。

たぐり寄せられる記憶。波となって、ひたひたと寄せてくる。すぐそこまできている。

この少年は夢じゃない。きっと夢じゃない。今ここで起こっていることは——

ヨルダは手を伸ばし、少年の頰に触れようとした。その温かみを感じたい。そしたら、本当に夢じゃないと確かめられる。

少年の肩が持ち上がり、表情が縮んだ。怯えているのだ。怖がらないで。わたしはあなたが幻ではないと信じたいだけ。

そのとき、彼らが現れた。

ヨルダは彼らを〝魔物〟と呼んでいた。母にそう教えられたから。でも、そう呼ぶたびに、心を突き刺す痛みを感じた。

魔物たちはニエから生まれる。ニエの魂をえぐり出し、闇の魔法で燻《いぶ》して作り出される異形《いぎょう》の者ども。ヨルダの母、〝霧の城〟の女王は、なぜかしら強い軽蔑を込めて、彼らを僕《しもべ》とも呼んでいた。

ニエの魔物たちはヨルダを求めている。〝女王〟がヨルダを求めているから。ヨルダはその身の内に時を封じ、ニエの魔物たちはヨルダを捕らえ、〝霧の城〟はニエの魔物たちを閉じこめている。その三重の封印のなかで、〝女王〟は今も君臨しているのだ。

だけどあの少年は、ニエの魔物たちからヨルダを守ってくれた。ヨルダの手を取り、かばいながら、まだまだ頼りなく肉の薄い腕を振り、細い身体で果敢に戦って、魔物たちを退けようとしてくれた。ニエの魔物たちの作る結界に引き込まれれば、ヨルダはまた囚われの身に戻り、少年は石と化して〝霧の城〟の哀れな装飾となる。ヨルダはそれを知っている。少年はそれを知らず、ヨルダが〝霧の城〟の女王のものであることも知らずに、ヨルダを守ろうとしてくれた。

やはり、これは夢なのだ。孤独に占領されたわたしの心が、とうに死んでしまったわたしの魂を弔《とむら》い慰撫《いぶ》するために、紡いでくれている夢なのだ。

確かにあの方は約束してくれた。いつかきっと、わたしを解放すると。でも、どれほど固い約束であろうとも、所詮《しょせん》は人の限られた力でなされたもの。これほど永いあいだ停められていた時のなかでは、もうすっかり凍りつき、風化して、跡形もなく消えてしまっているに決まっている。

しかし、ヨルダの手を握る少年の指の感触、掌の温もりは本物だった。間違いなくそこにいて、怒りに燃え恐怖に震え、混乱のなかで息をはずませながら、次々と湧き出ては襲いかかってくるニエの怪物たちと戦っている。

少年に引っ張られるままよろめいていたヨルダは、思い切って少年の手を引いた。手応えがあった。彼は消えはしなかった。震えながらはっと目を覚まし、鋼鉄の鳥籠のなかに戻っているということはなかった。

夢じゃない。信じよう。これは夢じゃない。約束の時が来たのだ。

ヨルダは懸命に少年を引っ張って、封印の像へと身体を向けさせた。

(この像はおまえの守護者なのだ)

守護者は守護されるものの命《めい》に従う。ヨルダには、ニエの魔物を退ける力はなくとも、光を招いて道を開くことはできる。

(封印の像を動かしてはいけない。私の復活の刻まで、この〝霧の城〟は、外界の穢《けが》れたものどもから守られねばならぬのだから)

ヨルダの力で封印の像が動くと、ニエの魔物たちも、風に散らされる煙のように、儚《はかな》く台座の間から消え失せた。

「ど、どうやったの？」

魔物たちが消え失せた空間と、道を開けた封印の像と、ヨルダの顔とを見比べながら、少年が問いかけた。無垢《むく》な瞳が、暗い疑問と明るい希望と感謝を交互に映して、ヨルダの瞳をのぞきこむ。

そして少年は言った。ここを出ようと。僕と一緒に行こうと。

その頭に生えた二本の角。

ヨルダは、差し出された少年の手を握った。

2

少年に手を引かれ、脱出口を求めて〝霧の城〟を歩き回りながら、ヨルダは、おぼろに霞《かす》んだ記憶を蘇らせようと試みた。鋼鉄の檻から解き放たれ、自分の足で床を踏みしめている今、それはさほど難しいことではないように思われた。

〝霧の城〟の塔。目も眩《くら》むような高さからの景観。長い回廊。高い螺旋階段。朽ちて壊れた家具や装飾品。どれもこれも見覚えのある場所と、そこに配置されていたものばかり。一度ならずこの足で駆け回り、手に触れ、腰を下ろして休んだことがあるはずだ。だから、必ず思い出せるはずなのだ。

しかし、走っても走っても前に進むことのできない悪夢にも似て、〝霧の城〟にまつわるヨルダの記憶は、もどかしいほど間近まで浮上してきていながら、容易には戻ってきてくれなかった。何か大きな暗い影が、今のヨルダと今までのヨルダとのあいだに立ちふさがり、覆《おお》いをかけている。

〝霧の城〟はこんなにも広かったろうか。こんなにまで入り組んでいたろうか。個別の部屋の造りには確かに見覚えがあるような気がするのだけれど、その繋がりとなるとあまりにも複雑だ。

少年は果敢で、ほとんど恐怖というものを知らないように見えた。いや、ヨルダにそう感じられるだけで、内心は怯えているのかもしれない。怖がっていて当然なのだから。でも彼の足の運びや、〝霧の城〟を見回す瞳の色には、いささかの迷いもない。ただ、ごくたまに、少年がふと考え込むような顔つきになり、足を止め、それからすぐに首を振ってまた歩き出すことがある。そんな時は、彼の心になにがしかの疑問や恐怖が去来《きょらい》しているのだろうけれど、それが具体的にどんなものであるのかも、未だおぼろに曇った記憶しか持たないヨルダには、察することが難しかった。それがひどく申し訳なく思えた。

ヨルダには少年の話す言葉がわからず、だから彼の名前も知らない。少年が名乗ったことがあるのかどうかさえ定かでない。しかし彼の頭に生えた二本の角は、ヨルダの心に眠っている何かを揺さぶり、喚起《かんき》しようとしていた。とても懐かしい。とても頼もしい。そして耳の奥に蘇る声がある。

（希望を捨ててはいけない）

あの方は誰だったろう。私にとって、どんな存在だったのだろう。心のなかに手を差しのばし、長いこと底の底に封じられていて、今ようやく陽の目を見ようとしている記憶と想い出を、力強く引っ張り出すことができたらどんなにいいだろう。

思い出したい。思い出さねば。

少年は時々、ヨルダの手をとった途端に、まるで彼自身の内側にすとんと落ち込んでしまったかのように、瞳を虚ろに、ヨルダには見えない遠い場所を見るような表情を浮かべることがあった。言葉が通じるならば、訊ねたかった。どうしたの？　何を考えているの？　わたしにも教えて。

そんな瞬間が過ぎ、少年の瞳に光が戻ると、彼はきまって、不思議そうに小首をかしげ、まずヨルダの顔を見つめ、それからきまって、そのとき二人のいる場所をぐるりと見回すのだった。その仕草にはどんな意味があるのか。なぜそんなことをするのだろう。

やがて二人は、塔と〝霧の城〟の別棟とをつないでいる、古い石橋へとたどりついた。うっすらと流れる白い霧に、対岸の棟がけぶって見える。そして石橋のこちら側には、一体の騎士像が佇んでいた。

少年はそれを仰ぐと、にわかにまた、あの遠い目になってしまった。

マントに身を包み、兜《かぶと》から片方の角をのぞかせた、背の高い騎士。ヨルダの心がさわさわと揺れた。小さなさざ波が、心の岸辺にうち寄せた。

わたしはこの騎士を知っている。この方を知っている。これはわたしの懐かしいあの方なのか。ならば何故石になっている？

そう、石だ。騎士の像などではない。呪いがこの方を石にして、ここに繋ぎ止めてしまったのだ。わたしはその理由を知っている。知っているという確信が、心の奥からこみ上げてくる。

もう少し、あとちょっとなのに、思い出せない。歯がゆさに地団駄《じだんだ》を踏みたくなる。

ふと目をやると、少年は、まるで歩み去る誰かを見送ってでもいるかのように、騎士の像から石橋の先へと、視線を動かしていた。

そしてヨルダの手を引っ張ったまま、急に走り出した。これもまた、誰かの後を追っているかのようだった。ヨルダは足をもつれさせながら、懸命について走った。

と、唐突に足元の石橋に亀裂《きれつ》が走り、がらがらと崩れ落ち始めた。ヨルダの足は空を踏み、あっと叫ぶ間もなく落ちてゆく。

少年の手がヨルダの手をつかみ、ヨルダは橋の壊れた部分からぶらさがる格好になった。身体はほとんど中空に浮き、両足がぶらぶらしている遥か下では、広々と凪《な》いだ青い海が待ち受けている。潮風が髪と肩掛けをそよがせ、海鳥の声が聞こえてくる。

少年はヨルダを橋の上へと引っ張り上げてくれた。すっかり顔色を失っていて、早口に何か言っている。謝っているみたいに、ヨルダには思えた。

あなたのせいではないのに。ヨルダは心のなかで思った。〝霧の城〟は古い。朽ちかけているのだ。だから石橋も崩れたのだ。

それだけのこと——

いや、それだけのことだろうか？

二人、手をつないで橋を渡りながら、ヨルダは思った。なぜ、〝霧の城〟が朽ちかけている？　そんなはずはないのに。生きているのだから。そうだ、〝霧の城〟は永遠だと教えられたではないか。

ヨルダとヨルダの記憶を隔て、覆いをかけているものが、一瞬だけヨルダの想いに力負けした。認識がこぼれ出た。ヨルダはそれをしっかりとつかんだ。

わたしが自由になったからだ。檻を出て、さらにはここを出ようとしているからだ。だから〝霧の城〟は朽ち始めている——

わたしは〝霧の城〟と命運を共にする者。わたしは時の器であり、〝霧の城〟はわたしの器。

それをきっかけに、記憶は依然、おぼろなままなのに、ここを離れてはいけないという強い戒《いまし》めだけは、一歩足を進めるごとに、ひと部屋通り抜けるごとに、ヨルダの内側から蘇り、強く、強く、ヨルダを縛り始めるようになった。わたしは禁じられたことをしようとしている。わたしは〝霧の城〟から逃げることなどできないのだ。それだけは、けっしてしてはならないことなのだ。

襲い来た漆黒の異形のモノたちは、ヨルダにそれを語りかけた。それは懇願だった。哀訴だった。自らに課せられた務めを思い出せと、怪物たちはヨルダに訴えかけてきた。

ああ、それは正しい。だからヨルダもあのとき、一度は諦めようとしたのだ。わたしは留まらなくてはならない。記憶などもう戻らなくていい。わたしは義務を果たさなくてはならない。

ヨルダのわずかな逃避行は、だからあのとき、漆黒の魔物たちに連れ戻されて、静かな終わりを告げるはずだった。

しかし、少年は諦めなかった。ヨルダの元に駆け戻ってきたときの彼は、とうてい歯が立たないほどの強大な相手に、命がけで食らいつく小さなケモノのように猛《たけ》り立ち、怒りを迸《ほとばし》らせていた。

漆黒の魔物たちは、憐れみを請う声を宙に残しながら消えていった。あの声は、少年の耳にも届いていたのではないか。それが証拠に、彼はあの魔物たちを怖れつつ、厭《いと》いつつ、今にも泣き出しそうな目をしていたではないか。魔物たちは、きっと彼にも訴えかけたに違いない。

なぜわたしは足を止めないのだろう。なぜこの少年についてゆくのだろう。少年と手をつなぐたびに、わたしのこの身体のなかに流れ込む、温かな力は何だろう？

〝霧の城〟に籠もり、時の器として虚ろな生をおくってきたわたしを、この温かな力は満たそうとしている。すっかり満たされてしまえば、わたしはきっと、きっと――

一人の、命ある少女に戻る。

だからわたしはここに留まらねばならない。〝女王〟もそれをお望みだ。わたしはそれに従わねばならない。

でも、でも――

わたし自身は、本当にそれでいいの？　それを望んでいるのだろうか。

言葉にはならずとも、ヨルダの疑い叫ぶ声は、〝霧の城〟じゅうに響き渡っていた。問いかけは、城の隅々にまで聞こえてきたのだ。だからこそ、二人がようやく城門へと到達したときに、その回答が姿を現したのだった。

〝霧の城〟の城主。

いつの日か蘇り、再びこの世界を統《す》べる者。

〝女王〟

しかし、黒衣に身を包み、かつては美しかった顔を幽鬼のように尖らせて、黒曜石《こくようせき》の瞳を怒りに燃やしながら現れたその人を呼ぶ名を、ヨルダはたったひとつしか持ち合わせていなかった。

お母さま。

あなたこそがわたしをこの世に誕生させた人。

でもわたしは——そのお母さまを——

覆《おお》いは消えた。ヨルダとヨルダの過去を隔てるものは消えた。すべての記憶が蘇り、奔流《ほんりゆう》のようにヨルダを包んだ。

〝霧の城〟の歴史のすべてを、ヨルダは思い出し、取り戻した。

——さあ、ヨルダ。城のなかへお戻り。

——おまえは自分の身分を忘れている。

ヨルダは傍らの少年を見やった。ゆっくりと閉じてゆく城門の落とす影のなかで、果敢に両足を踏みしめ、〝女王〟に対峙《たいじ》している小さな姿を。

この子はニエだ。そしてわたしは、〝霧の城〟の一部だ。手をつないではいけない者たちだったのだ。

ヨルダの記憶が戻ったのを見届け、満足して〝女王〟は去った。城門はぴたりと閉じた。謁見《えっけん》の時は終わったのだ。

少年は傷だらけになって倒れている。ヨルダは泣いた。涙が石畳の上に落ちる。それを見ても、すぐには自分の涙だと思えなかった。わたしは泣き方を覚えていた——

少年がヨルダに話しかけている。すべての記憶を取り戻したヨルダには、その言葉の意味がわかるようになっていた。懐かしい言葉だ。あの方——今は無惨にも石と化して橋の上に佇《たたず》んでいる、剣士オズマの故郷の言葉だ。

少年は話した。ヨルダと手をつなぐと幻が見えたと。あの遠い目は、そういうことだったのか。トロッコに乗ったとき、子供のころのヨルダが父と一緒にいる光景が見えたと、少年は話した。

お父さま。その存在を、ヨルダはあまりにも長いこと忘れていた。お父さまは、追憶を探る指先の届かないところに行ってしまった。

「小さい時の君は——お父さんのことが大好きだって言ってたよ」

ええ、そうでした。でも今では遠いこと。取り返しのつかないことなのです。

ヨルダは少年の頰に手を触れた。その刹那《せつな》には、彼女は決心を固めていた。この子を逃がそう。この幸運なニエを助けよう。そしてわたしはここに残る。わたしは時の封印だ。

これを最後と、その手を突き放すためにのみ、少年の手をとる時が来てしまった。

少年が身につけている、風変わりな胸当ての文様《もんよう》が光り始めた。またたくように。動悸《どうき》を打つように。命の力を送り込んでくる。少年のなかに。そしてヨルダのなかにまで。

みるみるうちに、少年の傷が癒《い》えてゆく。彼の頰にあてたヨルダの手は、まるで溶け込んでしまったかのようだ。

伝わる。感じとれる。希望の光。命の輝き。支配の暗黒に拮抗《きっこう》する叡智《えいち》の輝き。

少年は言った。「君が誰だって、そんなのいいんだ。こんなところにいちゃいけないよ。ここを出ようよ。僕と一緒に行こう」

わたしが〝女王〟の娘だと知りながら、それでもあなたはわたしと共に、ここから逃げようと言ってくれるの？

いつのいかいいの日か必ず、私の血を受けた子供たちが、あなたを救いに訪れる。

この少年がその子だと？　ただのニエではなく、叡智の白光《びゃっこう》に護《まも》られた戦士だと？　ヨルダは少年の手をとった。つないだ手から流れ込む新たな力が、つい先ほどの悲壮な覚悟、悲しい決意を押し流し、記憶を洗い、ヨルダという器を満たし始める。

まさか。こんなことが。

しかし少年は確かにそこにいて、瞳を瞠《みは》ってヨルダを見つめている。

ヨルダは確信した。わたしを通して、わたしの記憶がこの子にも伝わるのだ。くっきりと蘇った過去、〝霧の城〟がたどってきた歴史と、封じ込められてきた暗い出来事の数々を、少年も知ろうとしているのだ。

もう、誰にもそれを止めることはできない。たとえ〝女王〟の力を以てしても。

同じころ――

トクサの村の家で、村長《むらおさ》が突然、雷光に打たれたかのようにはっとたじろぎ、手にしていた書物を取り落とした。「光輝《こうき》の書」である。

今の衝撃は何だったろう？　村長は、すぐには足元に落ちた「光輝の書」を拾い上げることができなかった。両手ばかりか膝も背中も、舌までが痺《しび》れている。稲妻が身体のなかを駆けめぐったかのようだ。

指をほぐし、両腕をさすり、それからやっと椅子から腰をあげて、「光輝の書」を拾い上げた。古びた書物は、村長がそれをトトの手から受け取ったときと同じように、輝きと温かみを取り戻していた。ページが自然とめくれて、あるところで止まった。

そこには、みっしり詰まった古代文字の列のなかに、一振りの大剣の絵が描かれていた。

大いなる畏怖《いふ》を覚えて、村長は宙を仰いだ。震える呟きが、くちびるからこぼれ出た。

「おお、神よ。我らが神よ。あの子は道を見出したのですね」

3

停められていた時は動き出した。沸き立ち、渦巻き、迸《ほとばし》り、本来の正しき流れを取り戻し始める。

遠い、遠い過去――

巨大な城壁の両端で、東の大天球儀と西の大天球儀がまばゆく輝き始めた。三年に一度の武闘大会の開催を告げる鐘の音が、重々しく響き渡る。

天にまで届きそうな高さの城門が、ゆっくりと開いてゆく。領内の各地から参集した戦士たちが二列に並び、対岸の詰め所から海を渡る橋を越え、入城してきた。思い思いの装備に、眩しい陽光が反射する。

どんな素材で作られているのか、紅色の甲冑《かっちゅう》に身を固めた者もいれば、飴色《あめいろ》になるまで使い込んだ革鎧《かわよろい》に重そうな丸楯《まるたて》を背負った者もいる。得物《えもの》も各人各様で多彩だ。巨大な戦斧《いくさおの》を誇らしげに背負った戦士の後ろに、黒い外套《がいとう》の裾から先端の尖った多節《たせつ》鞭《べん》をのぞかせた者が続く。

まだ幼い顔立ちに産毛《うぶげ》の残る若者。眼光鋭い歴戦の傭兵《ようへい》。隻眼《せきがん》の老人。素性も年齢も顔立ちも様々な、総勢百名にも達する戦士たちは、城の前庭通路に整列した近衛兵《このえへい》たちのあいだを、たぎる野心と猛々《たけだけ》しい戦意をかげろうのように立ちのぼらせながら、粛々《しゅくしゅく》と行進してゆく。両手を腰に、礼装筒衣《サーコート》の胸元に染め抜かれた王家の紋章を見せつけるように身を反らして居並ぶ近衛兵たちは、その円筒形の兜《バレル・ヘルム》の下で、どんな目をしていることだろう。東西の闘技場で、今日から十日間、勝ち抜き形式で執り行われるこの大会の結果、最後まで勝ち残ったただ一人の戦士を、彼らはまた一人の新たな武技指南役として仰ぐことになる。しかし、どんなに腕が立つとしても、斧《おの》使いや鞭《むち》使いの業《わざ》は、騎士には無用のものであり、短刀や三叉《みつまた》も騎士の武器ではない。そこにあるのは冷笑か苦笑か、それとも武人としてのあくなき探求心だろうか。

ヨルダは自室のテラスに佇み、前庭通路の喧噪《けんそう》を見おろしていた。彼女の部屋のあるこの棟は、天守である女王の居室のある中央棟の右側に位置している。行進する大勢の戦士たちは、ヨルダの立っている高みからだと、宮廷道化師の操る吊り人形ぐらいの大きさにしか見えなかった。それでも、ざくざくと地を踏む彼らの足音は高く耳に届き、高揚《こうよう》した空気を頰に感じることもできた。

北面は海に臨み、断崖絶壁にそびえ立つこの城には、一年中潮風が吹き抜けている。今も、ヨルダの短く切り揃えた亜麻色《あまいろ》の髪を、その風が優しくかき乱している。

城中でヨルダが親しく接する者たちは口を揃えて、遠方への旅から戻り、この潮の匂いを感じると、我が城へ帰ったという実感がわいてくると言う。未だ城から外の世界に出たことのないヨルダにはわからない。潮の匂いを含んでいない風とはどんなものなのか、知る機会は一度もなかった。

女王は、ヨルダを他人目《ひとめ》にさらすことを嫌い、堅く外出を禁じている。女王自身も城から外に出ることはきわめて珍しく、城内でさえも、彼女の身辺を護る近衛隊の隊長と、政務を司る大臣たち、身の回りの世話をする女官長、そして大学者のスハル導師など、ごく限られた人びとの前にしか姿を現すことがなかった。

この世界は一見、凪《な》いだ海のように平らかに和しているように見えるだろう。でも薄皮を一枚剝《は》いでみれば、その下には侵略と戦争が待ちかまえている。領土拡大を狙ってしのぎを削っている各国の、血の匂いを含んだ荒々しい呼気が聞こえてくる。そんななかで、おまえが生まれ持った美しさはあまりにも危険なのだと、女王はヨルダに説いて聞かせてきた。

——美は気高く、貴重なものだ。それ故に人は美に惑い、美を求める。おまえを求めようとするものは、この国を求めようとするものだ。人を惑わし、人を惹きつけぬように、おまえは身を隠しておかねばならぬ。なぜならば、得難き美は人びとの頭上に君臨するものではあっても、それを統治する力は持ち合わせていないのだから。

それは私とて同じことだと、女王は言う。私の統《す》べる国は、この広大な大陸を分割する近隣諸国のなかで、もっとも豊かで美しい。誰もが私の国を欲し、また私を欲する。私はその飢えた恐ろしい顎《あご》から、数々の機略を以て何度となく逃れてきた。神の恵みのような私の美しい領国を護り、また我が身を護るため。女王の一人娘としてこの世に生を受けたおまえは、尊《とうと》い血筋に美を備え持ったが故に、私と同じ困難をも背負うことになった。

愛し子よ、私の娘よ。哀れなる美しき者よ。堪え忍んでおくれ。

武闘大会に参加する戦士たちは、中門の先の広場で整列した。季節の花々に飾られ、王家の紋章を刺繍《ししゅう》した旗を掲げた演壇に、モル・ガルス右大臣がゆっくりと登場する。戦士たちを取り囲んでいる近衛兵たちは、いっせいに剣を天に向けて姿勢を正す。戦士たちは地に片膝をついて敬意を示す。

右大臣の演説が始まった。広場の隅々にまで朗々《ろうろう》と響き渡るその声に、潮風に枝を揺さぶる木々のざわめきが、さながら静かな伴奏のようにゆったりとかぶさる。

手すりに乗せたヨルダの手の甲に、涙がひと粒ぽつりと落ちた。

武闘大会は始まってしまった。

勝ち残るのは誰だろう。

その勝者は、つかの間の栄光の先に待ち受けているものを、夢想だにしていないに違いない。

しかしヨルダには、止める術《すべ》がなかった。

十日前のことになる。ヨルダは女王の言いつけに背《そむ》き、城の外に出ようと試みた。他愛ない好奇心のなせる業だった。

咲き初《そ》める花のような十六歳。ヨルダは外の世界への夢と憧れに満ちあふれ、人びととの生き生きした交流を渇望《かつぼう》していた。一歩でもいい、外の世界に踏み出してみたかった。見知らぬ町や村を訪ねてみたかった。この広大な城の威容を、海を隔てて眺めてみたかった。短い間でもいいから、年頃の娘の浮き浮きした心を、王女という枷《かせ》から解き放ってみたかった。

ヨルダが姉のように慕い親しんでいた若い女官が、その想いの強さに打たれて、力を貸してくれることになった。彼女には警備隊に働く恋人がいた。

二人は思案して、計略を練った。満月の日には、領内の商人ギルドから長《おさ》たちが集まり、商務を司る左大臣を囲んで会議を行う。その際には、名も身分もない領民であっても、ギルドのメンバーであるならば、謹《つつし》んで傍聴《ぼうちょう》することが許されていた。だから毎回、その折には、老若男女取り混ぜて、かなりの人数の平民たちが、中央左棟一階の謁見室《えっけんしつ》にまで入り込む。

ヨルダに町娘の服装をさせ、その人混みにまぎれてしまえば、城から外に出ることもさほど難しくはないだろう。商人ギルドの長たちが訪れるときに正門が開き、彼らが帰るときにもまた開く。だから、会議が始まる時刻に外へ出て、会議が終わるまでに戻ってくるならば、ヨルダが外出したことは、誰にも悟られまい。いちばん親しい女官が味方なのだから、ヨルダが外にいるうちに誰かが自室を訪ねてきても、何とでも言い訳をしてもらうことができよう。幸い商人ギルドの長たちの会議の日には、城内が騒がしくなるので、スハル導師の講義もお休みだ。ヨルダの姿が見えなくても、誰かが探し回る気遣いはないし、スハル導師に、そんなふうに学問を嫌っておられては、お母さまの跡継ぎにはなれませんよと叱られることもなくて済む。

女官とその恋人の計画は、まことによく練られたものであるように、ヨルダには思われた。女官が用意してくれたという、華やかな色柄の町娘の服を着るのも楽しみだった。王女ヨルダは、白い衣装しか着ることを許されていなかったからだ。女王の与えてくれるそれらの衣装は、目に染みるような純白で、形もヨルダの身体をふわりと包むだけの簡素《シンプル》なものであり、肩掛けや袖飾りを替えるぐらいしか、変化のつけようがなかったのだ。しかもそうした肩掛けや袖飾りとて、凝《こ》った刺繍や編み込みの柄がほどこされてはいても、色はやっぱり白、青灰色や草木染めの深い茶色がせいぜいだった。鮮やかな朱色や黄色、藍色《あいいろ》や緑色は、ヨルダの美の邪魔になると、女王は許してくれなかった。

よく考えてみれば奇妙なことだった。女王はヨルダの優れた美が危険だと言い、城のなかに閉じこめている。それなのに、純白こそがヨルダの美を最大に引き立てると言う。

　もっとも、女王もいつも純白の衣装ばかりを身にまとっていた。女官たちは生成《きなり》色の裾の長いチュニックに、海の色を映したような青い袖《スリーヴ》と布帯をつけている。大臣たちや、城内に勤める役人たちの衣服も白が基調で、組み合わされる色は青か茶色だ。海に面し、石と煉瓦《れんが》と銅で造られた城にはふさわしい色合いかもしれないが、華やかさはいささか足りない。だから商人ギルドの長たちや、彼らの連れが身につけている凝ったチュニックや丈の短いベスト、花柄の布の靴やトーク帽は、ヨルダの心を強く惹きつけてやまなかった。間近に寄って、手に取ってみることさえできなかったそれらの品を、身につけることができたらどんなに嬉しいだろう。

　秘密の計画は、実行してみると、拍子抜けするほど簡単に運んだ。女官と共に、人目を忍んで階段を駆け下り、木立や植え込みに隠れ、衛兵の目を盗んで右棟を離れ、中庭から前庭へと人混みに混じって進んでいった。人の群のなかに混じれば、大きな花柄のスカートにエプロンをかけ、日除けのつばの広い帽子をかぶったヨルダを、誰も王女だと気づかない。巡回警備の任についている女官の恋人に道を尋ねる芝居をし、正門のところまで送ってもらい、海を渡る長い石橋へとたどり着く。橋を渡りきった向こう岸には、密かにやりとりした手紙で委細《いさい》を心得た、女官の母親がヨルダを案内するべく心待ちしているはずだった。

だが、しかし。

橋を半ばまで渡ったところで、ヨルダの耳に、女王の声が聞こえてきた。

――いたずらはそれまでだ。戻っておいで。

ヨルダはびくりと足を止め、周囲を見回した。橋の上は、会議の傍聴に行くために、正門が開いているうちに城内に入ってしまおうと急ぐ人びとでごったがえしている。また、ギルド長らの従人なのだろう、正門の手前まで主を送り、また迎えに来るときまで対岸に引き返そうとする者どももいるので、ヨルダはけっして、一人だけ人の流れに逆らって歩いているわけではなかった。現にヨルダが急に立ち止まったせいで流れが乱れ、まわりの人たちと肩がぶつかり、足を踏まれそうにもなった。

――ヨルダ、お戻り。おまえは城から外に出てはいけない。私の言いつけを忘れたわけではあるまい。

潮騒ではない。海鳥の声でもない。確かに女王の声だった。

ヨルダの心に呼びかけてくる。

――私はおまえが何処にいようと、何を企んでいようと、すべて見通すことができるのだ。おまえは私に逆らうことはできない。さあ、戻っておいで。

片手を胸に、にわかに頬が冷えてゆくのを感じながら、それでもヨルダは懇願した。声には出さず、ただ精一杯に胸の内で叫んだ。

――お母さま、お許しください。ほんの短いあいだでいいのです。城の外を見てみたい。気が済んだら、すぐに戻ります。お願いします。お願い、お願いです。

――ヨルダよ。

女王の声は、真夜中の砂漠のように冷え切り、磯の大岩のように揺るぎなかった。

――おまえが今すぐ戻らぬというのならば、私はその橋を壊さねばならぬ。指先ひとつで、私にはそれができるのだよ。橋が断たれれば、おまえは嫌でも戻らざるを得まい。そして、何も知らぬ大勢の領民たちは、砕けて落ちる橋と共に海の波間に消える。おまえはそんなことを望んでいるのか？

ヨルダの傍らを、人びとが忙しげに、楽しそうに言葉を交わしながら歩みすぎてゆく。海を渡る石の橋は、この世の始まりの時からそこにあるかのように、この風景のなかに溶け込んでいた。地面と同じくらいに頼もしく、海上の道となっている。

しかしこれは人の造ったものなのだ。

だから壊れるのだ。壊されてしまえば、橋が支えている大勢の命は海に呑まれる。晴天の凪《な》いだ海でも、人の命はあまりに弱く、海はあまりにも広くて深い。

ヨルダはのろのろと身体の向きを変え、正門へと戻り始めた。途中から駆け足になった。少しでも躊躇《ためら》えば、お母さまがそれを不服の印と受け止め、橋を落としておしまいになるかもしれないと思ったから。

自室に戻ろうと右棟の入口にさしかかると、そこを護っている衛兵が、目の前に立ちふさがった。ヨルダは手をあげて日除け帽をとった。衛兵の目が、まなじりが裂けるかと思うほどに大きく見開かれる。

「ヨ、ヨルダ様？」

お母さまに呼ばれていますと、ヨルダは小さな声で言った。棒立ちになった衛兵をかわして自室まで駆け戻ると、女官が驚いてヨルダを迎え、腕に抱き取った。しかし、ヨルダが何があったのか話そうとする前に、戸口に二人の近衛兵がやって来た。彼らは女官を呼びに来たのだ。女王のお召しだ、すぐに謁見の間に参るようにと、彼らは言った。その顔に表情はなく、命令口調には疑問も同情もない。

なす術《すべ》もなく、ヨルダは連行されてゆく女官を見送った。きっと彼女の恋人も、今ごろは身柄を拘束されて、謁見の間に送られていることだろう。

ああ、わたしはなんということをしてしまったのだろう。ヨルダは寝台に泣き伏した。間もなく代わりの女官がやって来て、ヨルダに着替えを促したが、その目は明らかに懸念《けねん》に曇り、口元が怯えて震えていた。

それから午後が過ぎ、陽が落ちるころになっても、ヨルダは女王に呼ばれなかった。商人ギルドの参加者たちはとっくに引き上げ、正門は閉じた。自室の戸口には近衛兵が二人、張り番に立っている。ヨルダは何度か、お母さまに会わせてほしいと、近衛兵たちに頼んでみた。しかし、その願いは空しかった。女王のご命令により、王女をここからお出しすることはできませぬという、丁重だが血の通わない台詞《せりふ》が返ってくるだけだった。

近衛兵たちもまた、怯えているようだった。

宵《よい》になると、ヨルダは自室で夕食を済ませた。食事はいつも一人でとる。与えられている三間続きの部屋のうち、いちばん狭くて装飾の少ない化粧部屋が、彼女の食堂になっていた。本来、その用途にも使われるべき居間はあまりにも広すぎ、厚い石壁と高い天井のせいか、いつでも冷え冷えとしていた。そこに運び込まれると、どんな熱い料理でもすぐ冷めてしまう。天蓋《てんがい》付きの寝台と同じくらいの大きさのテーブルには、多数の皿が並べられてもなお、空いているところの方が目立ってしまう。それが嫌いだった。

父王が健在だったころは、父母とヨルダと三人で、王家の食堂で食事をしたものだった。そこはまた呆れるほどに広く、金銀の装飾が頭上と壁面を飾っていたが、父の笑顔がその冷たさを消してくれた。母もあのころは、今よりもずっとずっと優しかった。

父はヨルダが六歳のときにみまかった。すでに十年を数える。想い出は今も色鮮やかなのに、月日はどんどん遠くなる。

お父さまが逝《い》って、お母さまは変わってしまわれた。お城も変わってしまった。悲しみにうちひしがれ、不安に震える心は食事を受けつけなかった。女官たちが列をなして運び込む数々の皿に、ほんの申し訳程度に手をつけただけで、ヨルダは皆を下がらせ、化粧部屋の窓際に寄せた椅子に腰をおろして、燭台《しょくだい》をひとつだけ灯し、更けてゆく夜と向き合った。

この高さからだと、正門が閉じている今でも、満月の光に、女王が壊すと警告した石橋の一端を見ることができた。漆黒に近い色に暗く沈んだ海上に、青白く浮かび上がっている。石橋ではなく、石橋の幻影が、月の光のいたずらで、たまさか海上に姿を現したのだ――というように。まばたきすれば消えてしまうかもしれない。

ヨルダはじっと目を凝らし、波が橋脚《きょうきゃく》を洗って白く泡立つのを確かめて、小さく息を吐いた。あれは幻影ではない。石橋は無事だった。民草《たみくさ》は誰も命を落とさずに済んだ。ヨルダが女王に従い、しっぽを巻いて帰ってきたから。

もしもあのとき、逆らっていたらどうだろう。言い返していたらどうだろう。

——こんな大きな石橋を、指先ひとつで壊すことができるなんて、嘘だわ。お母さまは嘘をついて、わたしを脅そうとなさっている。

——そんなことができるものなら、やってごらんになればいい！

繊細《せんさい》な彫刻のほどこされた小テーブルに両肘をつき、掌《てのひら》で頬を包み込むと、ヨルダは目を閉じた。まぶたの裏に、石橋が壊れて砕け、人びとの悲鳴を乗せて海に落ちてゆく光景が浮かび上がってくる。

もしもわたしが反抗したら、お母さまはためらいなく石橋を壊したことだろう。お母さまにはそれがおできになるのだもの。

女王は、人智を超えた不思議な力を身につけている。ヨルダは未だ、それをこの目で見たことはない。でも周知の事実だ。スハル導師がそうおっしゃっている。左大臣も右大臣も、いや女王の身を守る楯である騎士団長さえも、こう言っていたことがある。我らが女王陛下は、騎士団のすべてを合わせたよりも強大な力を、その繊細な手の内に秘めておられる、と。もしも貪欲《どんよく》な近隣諸国が、我が国の豊かな領土に食指を動かし、攻め込んでくることがあれば、我らが立ち上がるよりも早く、陛下はその愚かな軍勢を、ひと息で退けてしまわれることだろうと。

言葉を聞き流すならば、ただのお追従《ついしょう》、過剰な賞賛と受け取れる。しかしこう語るときの騎士団長の眼の奥に、堅く凍りついたような恐怖があるのをヨルダは見た。スハル導師が、それをよく見て、しかと心に留め置くようにとおっしゃったからだ。

——王女よ、あなたは偉大な母上をお持ちなのでございます。

スハル導師はそう述べて、頭《こうべ》を垂れた。あのときヨルダはいくつだったろう。お父さまが亡くなって、城の内外に不安が漂い、皆が動揺しているときだったような気がする。だからスハル導師は、案じることなど何もないと、ヨルダを安堵させてくださったのだ。

しかしその導師の眼も、暗く翳《かげ》っていたのをヨルダは覚えている。

追憶に、ヨルダの心が揺れるのを映すように、燭台の炎も揺らめいた。

今夜はこのまま、女王のお叱りを受けずに済むのだろうか。それでは困る。ぜひとも母の膝下にすがり、あの優しい女官と彼女の恋人の罪を免じていただくよう、心を尽くしてお願いしたい。外へ出たいと、言い出したのはわたしだ。あの二人は、わたしの願いをきいてくれただけなのだから。

ほとほとと扉を叩く音がした。

ヨルダが振り返ると、化粧部屋のどっしりとした黒檀《こくたん》の扉が開き、女官長が音もなく入室してきた。灰色の髪に灰色の顔。ただ老齢のせいばかりでなく、何かに生気をしぼりとられたかのように色が抜け、痩せさらばえたこの女官長の老女を、ヨルダは、嫌うというよりも怖れていた。彼女が怖いのではない。忠実そのもののこの女官長が、いつも敬虔《けいけん》に、尊敬のまなざしを以て女王に仕えているこの人が、一方で、なぜかしら城のなかで誰よりも強く、ヨルダの母なる女王を怖れていることが感じ取れる。それが恐ろしいのだ。

あなたは、わたしの知らない何かを知っているの。女官長の顔を見ると、ヨルダはいつも、喉元までこみあげてくるその問いを呑み込まねばならない。

「ヨルダ様」と、女官長は囁《ささや》くような声で呼びかけてきた。小声なのではない。嗄《か》れているのだ。長い間、自らの意志で湧き出るように語ることなどまったくない生活を続けているうちに、声の泉が涸《か》れてしまったのだ。

「陛下がお呼びでございます」

それを待っていたはずなのに、ヨルダは胸の内で心臓がすくみあがるのを感じた。

「わかりました。すぐ参ります」

立ち上がってテーブルから離れる。両手も膝頭も震えていた。それを悟られたくなくて、わざと背を向ける。

女官長は言った。「どうぞローブをお召しくださりますよう。夜分になりますと、戸外はかなり寒うございます」

ヨルダは思わず振り返った。「外に出るというのですか？」

「陛下のお言いつけでございます」女官長は流れるような動作で頭を下げた。

ヨルダは衣装掛けからフードのついた長いローブを取り出し、身にまとった。女官長に従い、うなだれて部屋を出てゆく彼女を、窓の外の星たちが、心配そうにまたたきながら見送っている――

4

女官長は女王の居室ではなく、まっすぐに城前の広場へと足を向けた。城内を通り抜けるときは、不寝番についている近衛兵たちが、足音もたてずに通路を進んでゆくヨルダと女官長を、騎士像になったかのように微動だにしないまま見送った。

庭に出ると、二階家以上の高さがある脚台のてっぺんで燃えさかる松明《たいまつ》が、あちらにひとつ、こちらにふたつ、夜のなかで赤く輝いているのが見えた。満月なので、その数は少ない。昼間の陽光の下では、いっそ空に近い高さにあるように見あげるこの松明台だというのに、陽が落ちてこうして火が灯されると、少しもその高さが変わったわけではないのに、今度は、夜空の底で燃えているように見える。それほどに、この城を包む夜は深い。

時折、庭のなかをすうっと横切ってゆく松明が見える。それは巡回する警備兵たちが手にしているものだ。女官長は広場を横切ると、中央左棟へ続く石段を登り、緩やかな弧を描く回廊のような通路を歩き始めた。ヨルダは怯えた。この通路沿いには、王家の人びとが親しく足を踏み入れるような部屋や施設はないはずだ。だからこそ、この城がほとんど全世界であるようなヨルダも、城の中央左棟にはほとんど来たことがない。ざっと間取りや配置を知っている程度だ。

この通路の突き当たりの階段を下りれば、中央左棟裏の芝生の小庭に出る。そこはただの小庭ではなく、王家に関わり深い人びとの墓所になっているはずである。

王家の血筋の者たちは、城内に葬られることはない。城から遠い山中に、山肌を切り崩し、岩を穿《うが》って造形された、いかめしい埋葬地があり、王家の墓もそこにある。小庭の墓所には、この城のために生涯を捧げたと認められ、選ばれたごく少数の忠義の者たちが眠っている。といっても、むろん、近衛隊長や大臣クラスの身分の高い者たちばかりで、女官長ぐらいではここに眠ることは許されない。

それでも墓場は墓場だ。この夜更けに、女王はこんな場所にヨルダを呼び出して、何をしようというのだろう。

女官長は手に明かりを持っていなかった。警備兵たちの目にとまらないようにするためだろう。見つかったところで咎《とが》められるわけもないが、なるべく誰の注意も引きたくないのだろう。

城内や広場にいるうちは、そこここの松明が光源となっていたが、ここまで来るとそれもない。満月の優しい月明かりも、城の陰に入ると遮られてしまう。しかし女官長は慣れた足取りで、ときどき肩越しにするりと顧《かえり》みてはヨルダの歩みを確かめつつ、城内にいるのと変わらぬ歩調で進んでゆく。

「どこへ行くのですか」

ヨルダは小さな声で問いかけた。女官長は答えない。だが、突き当たりの階段まで来ると、歩みを止めた。衣の裾も揺れて止まる。

「この階段を下りて、その先へとおいでくださいませ。陛下がお待ちでございます」

半歩脇に退いて道を開け、腰を折って礼をする。ヨルダは動かなかった。怖かったのだ。

「お母さまはわたくしに、ここでどんな御用があるとおっしゃっているのですか」

女官長は黙したまま頭を垂れている。

「この先は墓所でしょう。どうして墓所に行かねばならないのですか」

ややあって、頭を下げたまま女官長は答えた。「申し訳ございませんが、わたくしにはお答えすることができません。どうぞお進みくださいませ。陛下が直々《じきじき》にお答えになることでございましょう」

ヨルダは一歩進んだ。さらに半歩出て、女官長に向き合った。そして女官長のうなじにかがみこむようにして語りかけた。

「あなたは震えていますね」

女官長のきっちりと結い上げた髷《まげ》が、ぴくりと動いたような気がした。暗がりで、髷のなかに走る無数の白い筋が見える。白髪だ。彼女は年老いている。

「怖いのですか。わたくしも怖い」

女官長は動かず、何も言わない。

「わたくしは今日、お母さまの言いつけに背《そむ》きました。ですから、お叱りを受けることは承知しておりました。それでも、こんななさりようには恐ろしさを感じるばかりです」

わたくしについて来てくれませんかと、頼むような口調になってしまった。

「一人で行きたくないのです。お母さまのお怒りが怖いわけではありません。夜の墓所が怖いのです。暗闇が怖いのです」

それは嘘だった。女官長にも、嘘だとわかっているはずだった。しかし動かない。ヨルダは震える声を絞り出した。「では、わたくしはあなたに命令します。わたくしと一緒に来なさい」

女官長は頑固に半身を折ったまま、石の回廊に向かって声を発した。

「陛下がお待ちでございます。ヨルダ様、どうぞお進みくださいませ」

この城で命令を発することができるのは、やはりお母さまだけなのだ。ヨルダはうつむいたまま階段へ向かった。ひたひたと足音がする。階段を吹き上ってくる夜風の冷たさに、手をあげてローブのフードをおろし、目深《まぶか》にかぶった。

ヨルダの足音が遠のくと、女官長はその場に膝を折って座り込んだ。両手を胸に組み、一心に祈りの言葉を唱え始める。それはこの城で暮らした長い年月、心と身体に叩き込まれた〝神〟への祈りではなく、彼女の遠い生まれ故郷で、幼い子供のころに耳に馴染んだ、懐かしい祈りの言葉だった。

魔除けの祈りの言葉だった。

階段を下りきって小庭に出ると、それまで城の威容に遮られて見えなくなっていた満月が、まるでヨルダの身を案じてのぞきこむかのように、そうっと天の一角に姿を現した。ヨルダはしばし月光を浴び、それから思い切って母の姿を探した。

四方を城の建家と石壁に囲まれた小庭に、風雨に洗われた骨の如き白い墓石が九つ、三列横隊に並んでいる。草地はきれいに刈り込まれ、足を踏み出せば黒ビロードを踏むかのような感触だ。

女王の姿は見あたらない。あの豪奢《ごうしゃ》な白い衣装なら、この月明かりの下、見紛《みまが》うはずもなかろうに。

ヨルダはもう一度、四角く切り取られた夜空と月を見上げ、深く静かに呼吸を整えた。ヨルダの着ているどっしりとした銀白のローブは、高価で貴重な絹糸で織られており、どんなかすかな光でも敏感に感じ取って、銀粉をまぶされたかの如くさやかに光る。この墓所のなかではヨルダだけが生あるものであり、ローブの放つ淡い輝きは、その命の証《あかし》であるかのようにも見えた。

――お母さまはいらっしゃらないようだ。これはどういうことなのかしら。

訝《いぶか》りつつ安堵に心を緩めて、満月から地上へと目を転じたとき、母を見つけた。

それは闇だった。人の形をした漆黒の闇が、九つの墓石のちょうど真ん中に、いつのまにか存在していた。あまりに暗く、深い黒色なので、最初はそこに、人という実体があるとは思われなかった。夜の闇の溜まったもの。出し抜けに現れた黒い霧の淀み。だから満月の光をも寄せつけない――

「ヨルダよ」と、その闇の淀みが呼びかけてきた。母の声だ。女王の声だった。

すると、その瞬間に闇の淀みは女王の姿を成し、高く結い上げた豊かな髪や、襟首や袖口を飾るレースが、夜風にふるふると震えているのが見えてきた。長く裾を引いたドレスは、繊細なレースを幾重にも縫い重ねたものであるらしく、風になびくと夜に透ける。

女王は黒ずくめだった。闇そのもののように。そして寡婦《かふ》そのままに。

いつもの白い衣装はどうなさったのだろう。ヨルダは驚きよりも不審の念に打たれて、つと身を引いた。わたしの目が迷っているのかもしれない。だって、あれは本当にお母さまなのかしら。夜の闇の底に潜む生き物が、お母さまの姿を借り、わたしを謀《たばか》ろうとしているのではないのかしら。

「ヨルダ、こちらにおいで」

女王は片手を上げ、ヨルダを手招いた。暗闇のなかで、黒い衣装に包まれていないその顔と、手の甲と指先が、くっきりと浮き立って見える。夜空に満月があるように、墓所には女王の白い顔がある。

ヨルダは長いローブの裾を踏まぬよう、注意深く歩いて行った。近づくと、それは確かに母だった。なじみ深い香水が薫《かお》っている。

「女官長はどこにいる」

女王はヨルダの肩越しに、ヨルダの背後の方を見ている。

「あの階段の向こうで控えております」

女王は満足そうに頬笑んだ。「よろしい。ここから先には、あのような者には教えることのできない、大切な秘密が待っているのだからね」

怒っている口調ではなかった。むしろ明るい声である。遥か異国から取り寄せた風変わりな宝飾品を、初めて身につけるときのように。封を解き、蓋を開け、取り出してみるのが楽しみだというように。

「この墓所に、我が城に縁《ゆかり》の者たちが眠っていることは、おまえも知っているだろう」

女王はぐるりと墓石を見回した。

「王家の血を引く者たちではないが、我が城のために身命を捧げた忠義の者どもの墓が並んでいる」

「存じています。スハル先生に教わりました」

ローブを着ていてもなお身に染みる寒さをこらえながら、ヨルダは答えた。さっきまではこんなに冷えなかったような気がする。

「しかし、ここはただの墓所ではないのだよ、ヨルダ」

女王は言って、ヨルダが訝るのを楽しむように、頬笑みながら小首をかしげた。

「ここは永遠へと通じる道の入口なのだ。いつかはおまえをここに連れてこなければならぬと思っていました。今夜は良い機会になった……」

女王はふわりと衣装の裾をふくらませてヨルダから離れ、墓所の土を音もなく踏みしめて、右上の一角にある墓石の方へと進んでいった。ヨルダはあわてて後を追った。自分の足音は聞こえる。お母さまは、なんて静かに歩くのだろうか。

ひとつの墓石の前で足を止めると、女王は胸の前で両手の指を組み合わせ、頭を垂れて祈り始めた。その祈りは、ヨルダには聞き慣れない言葉で、しかも女王の声はとても小さく、ローブの裾をかすめて地に吸い込まれてゆくかと思うほどに低かった。

祈りが途切れ、女王が頭を上げた。と、足元の墓石がごとりと音をたてて横にずれた。

墓石のあった場所に、地下へと続く石の階段が見える。ヨルダは小さく息を呑んだ。

「さあ、私についておいで」

肩越しにヨルダに微笑を投げ、女王は石の階段へと足を踏み出した。

「おまえに見せるものは、この下にある」

墓石はけっして巨大なものではない。だから、石の階段の降り口も狭くて小さい。それなのに女王は身を屈めることもなく、漆黒の衣装ごと、墓所の地面にぽっかりと開いたその空間に、吸い込まれるようにして降りてゆく。まるで実体がないかのようだ。

女王の姿は、すぐに地下へと消えた。ヨルダは思わず、「お母さま!」と呼んだ。返事はない。ただ地下に続く階段が、ヨルダを待っているばかりである。

おそるおそる、片足を降ろしてみた。すると、身体が下へと引っ張られるような感じがして、よろめきそうになり、あわてて残った方の足を降ろした。次の一歩。さらに次の一歩。先に出した足を、後に続く足が追いかけてゆく。ヨルダの意志などおかまいなしに。

たたた——と、まろび降りて、頭まで地面の下へと潜ると、闇がヨルダを包み込んだ。鼻先さえ見ることができぬ、真の闇だ。恐怖が背中を駆け上がってくる。

頭上で墓石が元の位置に戻り、蓋が閉まる。その音を聞きつけて、ヨルダは狼狽《うろた》え振り返り、駆け戻ろうとした。しかし、そこにはもう冷たい地面の手触りがあるばかりで、押しても引いてもびくともしない。爪でひっかくと、湿った土くれがぽろぽろと顔の上に落ちかかり、埃が目に入ってしまった。

これでは、生きながら墓に埋められたのも同じだ。あまりの恐ろしさに、へたへたと階段の上に倒れ伏してしまった。しかし次の瞬間には、眼下に広がる光景に、どやしつけられたかのように跳ね起きていた。

闇に変わりはなかった。しかしその闇を貫き、規則正しいつづら折りに、下へ下へと延びてゆく傾斜のきつい階段が見える。さっきまでは闇があるばかりだったのに、今はその階段が、くっきりと白く浮かび上がっている。

女王はすでに、つづら折りの角を五つ六つ通り越した先まで降りている。階段は、浄められた骸骨《がいこつ》を思わせる白さだ。女王は、その上をのろのろと這う、一羽の漆黒の蝶《ちょう》のように見えた。

城の地下に、こんなにも深いところへ降りる階段があるなど、信じられない。いっそ非現実的だ。今、ヨルダのへたりこんでいる場所から、あの階段の先が闇に消えているところ——女王がしずしずと降りてゆく先——あそこまでの深さときたら、中央棟にある塔のてっぺんから、前庭までの高さと同じくらいあるだろう。目が眩《くら》みそうだ。

いつ誰が、墓所の地下をこんなに深くまで掘り、この階段をこしらえたのか。階段の先には何があるというのか。

と、耳元で女王の声が聞こえた。

「怖がることはない。降りておいで」

眼下遠く、女王の姿はさらに小さくなり、今では蟻ほどの大きさにしか見えない。それなのに、声はすぐ間近で響いている。

「この場所は、私が造りあげた結界《けっかい》の内。すべては幻だが、しかしその幻に、私の力で実体を与えてある。急な階段だが、足を踏み外し闇のなかに墜《お》ちる心配はない」

ヨルダは慎重に身を起こした。最初の何段かは、両手でしっかりとステップの縁をつかみ、子供のように尻でずって降りた。階段の存在は揺るぎなくヨルダを支えてくれた。確かに、実体があるのだ。

掌に伝わる感触は、滑らかで冷たい。底光りする白い階段は、高価な玉《ぎょく》のようでもあり、またヨルダが最初に直感したように、人の骨のそれにもよく似ていた。

　ようやく気を取り直し、ヨルダが立ち上がって階段を降り始めたときには、女王の姿は見えなくなっていた。もうこちらの目の届かぬ深さにまで降りてしまったのかもしれない。

　ぐるぐる——ぐるぐる——つづら折りの狭い踊り場に出ては折り返し、下へ、下へ、さらに下へと降りてゆく。下降してゆくうちに、どちらが上でどちらが下なのか、判然としなくなってきた。やがては、下降しているという感覚さえ惚《ぼ》けてきて、ただの長い一本道を歩いているような気がしてきた。頭が空《くう》になり、自分の呼吸音さえ聞こえない。足音もしない。

　この不思議な空間は、生者が死へと向かう黄泉路《よみじ》を模しているのかもしれないと、ヨルダは思った。一段降りるごとに、わたしは死んでゆく。生から遠ざかってゆく。この先でお母さまがわたしに見せようとなさっているものは、その正体が何であれ、死者の目にしか映らないものなのではないかしら。

　これは擬似的な〝死〟の体験なのだ——

　そう悟ったとき、唐突に階段が途切れた。いつの間にか夢見心地になっていたヨルダは、我に返ってまばたきをした。

そこは、四阿《あずまや》ほどの広さの円形の広間だった。頭上は闇。ぐるりには円柱が立ち並び、どこからさしかけるのか、月光のような青白い光が溢れている。

延々と降りてきたあの階段は、ヨルダの背後にあった。二本の円柱のあいだから、上へと延びている。今、まるで明かりを消されたかのように、ゆっくりと光を失い、暗闇のなかに沈んでゆくところだ。

目の前には女王がいた。白い顔に笑みを浮かべ、高く結い上げた黒髪が、光を浴びて濡れたように輝いている。

「わたしのそばにおいで」

手招きされるままに近寄ると、女王はヨルダの手をとった。母の手は冷たかったが、しかしヨルダはそれにすがりついた。とたんに、ふわりと身体が浮き上がるような感じがした。円形広間の床が、女王とヨルダを乗せたまま、音もなく降下し始めたのだった。

床が降りてゆく。それに連れて、周囲が見えてきた。ヨルダはぽかんと口を開けた。

そこもまた、広間だった。東の闘技場ほどの広さがあるだろうか。ぐるりの壁が斜めに盛り上がっている。そこを埋め尽くすばかりに、無数の石像が肩を寄せ合って立ち並んでいる。その中心へと、女王とヨルダは降りてゆくのだった。

円形の床の降下が止まると、女王はヨルダの手を離し、歌曲のもっとも華やかな場面を歌いあげる歌手のように、顎を上げて両手を開いた。

「さあ、ごらん。これが私の手の内に隠されてきた、もっとも美しい秘密の場所だ」

ヨルダは首をめぐらせ、やがてそれだけでは足りなくなって、ぐるりと身体を一周させて、立ち並ぶ石像の群を眺めた。数え切れない。百体？　いや二百を超えているか。

広間はすり鉢状になっており、ヨルダは今その中心にいた。石像群を眺めつつ、石像群からも見おろされている。視線を感じる。それほどに、ひとつひとつが生々しく精巧に作られているのである。

驚きに打たれ、好奇心に急《せ》かれて、ヨルダは女王のそばを離れ、石像群の近くに歩み寄って観察を続けた。様々な衣装の男女。年齢もまちまち、表情もとりどりだ。灰色の石に刻まれているだけのはずの瞳なのに、その焦点がどこに合っているのかさえ見てとることができる。ある石像は中空を見つめ、ある石像は足元に目を落としている。ある石像の口元は結ばれており、ある石像のくちびるは今にも言葉を発しそうだ。

鎖帷子《くさりかたびら》の戦士もいれば、甲冑《かっちゅう》に身を固めた騎士もいる。錫《しゃく》を持っているあの老人の像は、僧侶だろうか。書籍を小脇に、筒型の帽子をかぶった学者もいる。正装した若い娘と、その隣にいるのは母親だろうか。面差しの似た二人の婦人——娘の手に握られた扇子《せんす》は半ば開き、その縁に飾られた羽毛ときたら、今にも風にふわりと揺れそうだ。

「美しいだろう」

女王が満足げに問いかけた。ヨルダは、夢中になって石像の観察を続けているうちに、女王から離れてしまっていた。だから、その声音に含まれた棘《とげ》に、すぐには気づくことができなかった。

「はい、とても」感嘆に胸を騒がせて、そう答えた。「なんて見事な彫刻でしょう。お母さま、いったい誰に命じてこれを作らせたのですか。宮廷美術師たちのなかに、こんな見事な腕を持つ彫刻家がいるなんて、今までまったく存じませんでした」

女王は低く笑った。まだ事態を把握しないまま、しかしその笑い声にかすかな毒を感じて、ヨルダは母を振り返った。

女王はまだ円形広間の中央にいて、ヨルダの顔にじっと目を据えていた。

「お母さま……？」

ほんの少しだけ顎を上げ、女王はヨルダの右手方向を指し示した。「あちらを見てごらん。いちばん新しい石像が飾られている」

まだ視線は女王にからめとられたまま、ヨルダは指示された方向へと足を向けた。女王の表情がゆっくりと溶け、笑みが大きく広がってゆく。

お母さまは、わたしをびっくりさせようとなさってる——ヨルダは思った。心の片隅で警告の声があがり、胸騒ぎがうっすらと鳥肌を呼んだ。しかし、それが何なのかわからない。どうしてこんなおかしな震えがくるの？　無意識が気づき、意識がつかめないままの不吉な予感。ヨルダは視線を石像群へと戻し、何重にも立ち並んでこちらを見おろしている石像たちのいちばん手前に、見慣れた顔を見つけた。

ヨルダの目は、それを見た。しかし心は理解しなかった。

若い女の姿をした石像。すらりとした姿勢。卵形の顔。美しい。しかしその瞳は凍りついている。うなだれ、諦めきって、しかしなお畏怖と恐怖にすくみあがって。

この顔を、わたしは知っている。

簡素な作りで、裾の長いチュニック。刺繍のついた袖《スリーヴ》。布帯の端は、几帳面《きちようめん》に折り返して挟み込んである。髷に結った黒髪に、ヒナギクの形の髪飾りがついている。

ヨルダはそれをよく知っている。毎日のように見ていたから。彼女はそれを、恋人からの贈り物だと話していたではないか――

そ、ん、な、馬鹿な。

瞬間、ヨルダの目が焦点を失った。もしもこの時、ヨルダの目という心の窓をのぞきこんだ者がいたならば、空っぽのその窓の奥に、声なき悲鳴が響き渡るのを聞いたことだろう。

ようやく、心も、目の見たものを理解した。

その石像は、あの女官だった。ヨルダをお忍びで城から外に出し、楽しい一日を送らせるために、知恵をしぼり力を貸してくれた優しい姉のような従者。

ああ、そして彼女の隣には、恋人の警備兵も立っていた。革鎧と対になった腰帯から剣をさげている。その柄《つか》には彼の姓と、彼がもっとも軽い身分である警備兵であることを示す、ひとつ星が刻み込まれていた。

警備兵の目はまなじりが裂けそうなほどに大きく見開かれ、その右手の指は鉤《かぎ》のように曲がり、あと一秒の余裕が残されていれば、腰の剣を抜くことができたのに――と、無念をまざまざと表して空《くう》をつかみかけている。

「それは石像ではない」

女王の口調は、あまりにも穏やかだった。

「元は人間だったのだよ、ヨルダ。わたしが彼らを石に変え、こうして飾っているのだ」

いたずら心でどれほど酷《むご》い罰を招いてしまったのか、よくわかったろう——女王の言葉を聞き終えぬうちに、ヨルダは気を失った。

（下巻につづく）

この作品は、二〇〇八年六月に刊行されたノベルスを、文庫化に際して上下巻に分冊した上巻です。

|著者|宮部みゆき　1960年東京都生まれ。'87年『我らが隣人の犯罪』でオール讀物推理小説新人賞を受賞してデビュー。'89年『魔術はささやく』で日本推理サスペンス大賞を受賞後、'92年『龍は眠る』で日本推理作家協会賞長編部門、同年『本所深川ふしぎ草紙』で吉川英治文学新人賞、'93年『火車』で山本周五郎賞、'97年『蒲生邸事件』で日本SF大賞、'99年『理由』で直木賞。2001年『模倣犯』で毎日出版文化賞、'02年司馬遼太郎賞、芸術選奨文部科学大臣賞文学部門、'07年『名もなき毒』で吉川英治文学賞を受賞。

ICO《イコ》—霧《きり》の城《しろ》—(上)

宮部《みやべ》みゆき

2010年11月12日第1刷発行

発行者——鈴木　哲
発行所——株式会社　講談社
東京都文京区音羽2-12-21　〒112-8001
電話　出版部（03）5395-3510
　　　販売部（03）5395-5817
　　　業務部（03）5395-3615

Printed in Japan

講談社文庫

定価はカバーに表示してあります

デザイン—菊地信義
本文データ制作—講談社プリプレス管理部
印刷———中央精版印刷株式会社
製本———中央精版印刷株式会社

ISBN978-4-06-276809-2

講談社文庫刊行の辞

二十一世紀の到来を目睫に望みながら、われわれはいま、人類史上かつて例を見ない巨大な転換期をむかえようとしている。

世界も、日本も、激動の予兆に対する期待とおののきを内に蔵して、未知の時代に歩み入ろうとしている。このときにあたり、創業の人野間清治の「ナショナル・エデュケイター」への志を現代に甦らせようと意図して、われわれはここに古今の文芸作品はいうまでもなく、ひろく人文・社会・自然の諸科学から東西の名著を網羅する、新しい綜合文庫の発刊を決意した。

激動の転換期はまた断絶の時代である。われわれは戦後二十五年間の出版文化のありかたへの深い反省をこめて、この断絶の時代にあえて人間的な持続を求めようとする。いたずらに浮薄な商業主義のあだ花を追い求めることなく、長期にわたって良書に生命をあたえようとつとめるところにしか、今後の出版文化の真の繁栄はあり得ないと信じるからである。

同時にわれわれはこの綜合文庫の刊行を通じて、人文・社会・自然の諸科学が、結局人間の学にほかならないことを立証しようと願っている。かつて知識とは、「汝自身を知る」ことにつきていた。現代社会の瑣末な情報の氾濫のなかから、力強い知識の源泉を掘り起し、技術文明のただなかに、生きた人間の姿を復活させること。それこそわれわれの切なる希求である。

われわれは権威に盲従せず、俗流に媚びることなく、渾然一体となって日本の「草の根」をかたちづくる若く新しい世代の人々に、心をこめてこの新しい綜合文庫をおくり届けたい。それは知識の泉であるとともに感受性のふるさとであり、もっとも有機的に組織され、社会に開かれた万人のための大学をめざしている。大方の支援と協力を衷心より切望してやまない。

一九七一年七月

野間省一

講談社文庫　最新刊

講談社文庫 最新刊

百田尚樹
輝く夜
イブに職を失った恵子。おひとよしな彼女が、一本の鉛筆を手にしたら——。全5編収録。

首藤瓜於
指し手の顔（上）（下）
〈脳男Ⅱ〉
精神科に入院歴のある元関取が起こした事件の波紋は？　乱歩賞受賞作を上回る問題作。

佐藤さとる
〈コロボックル物語①〉
だれも知らない小さな国
ぼくが見つけた、美しいコロボックルの山。250万人が愛した、〝日本の〟小人の物語。

中島らも
エキゾティカ
アジアにあるのは変な物とおかしな人ばかり！　聖と俗が一体になった不思議な短編集。

二階堂黎人
カーの復讐
古代エジプトの王家の秘宝を狙うルパンが、甦ったミイラ男と連続密室殺人の謎に挑む！

中山康樹
ジョン・レノンから始まるロック名盤
『ジョンの魂』で幕開けした70年代はロックが百花繚乱。名盤50枚を厳選。〈文庫書下ろし〉

押川國秋
春雷の女房
〈本所剣客長屋〉
武士の誇りを捨てられるのか、兵六。恋と剣の人情シリーズ、大団円へ。〈文庫書下ろし〉

日本推理作家協会 編
MARVELOUS《マーベラス》・MYSTERY《ミステリー》
至高のミステリー、ここにあり
〈ミステリー傑作選〉
横山秀夫、桜庭一樹、大崎梢、薬丸岳、北森鴻ら、七人の名手が送る豪華アンソロジー。

町田 康
真実真正日記
フィクションに疲れたマイナー作家のささやかな休暇。「真実」かつ「真正」なる日記。

編／解説 中田整一
真珠湾攻撃総隊長の回想
〈淵田美津雄自叙伝〉
ハワイ奇襲作戦の陣頭指揮にあたり、戦後はキリスト教に回心し平和を説いた男の真実。